一期一会

让每一刻都独一无二

〔西〕埃克托尔·加西亚 著
〔西〕弗兰塞斯克·米拉莱斯
欧阳石晓 译

人民文学出版社
PEOPLE'S LITERATURE PUBLISHING HOUSE

著作权合同登记号　图字 01-2022-4444

ICHIGO‐ICHIE
Copyright © 2018 by Hector Garcia and Francesc Miralles
Published by arrangement with Sandra Bruna Agencia Literaria S. L. ,
through The Grayhawk Agency Ltd.

图书在版编目(CIP)数据

 一期一会:让每一刻都独一无二/(西)埃克托尔
·加西亚,(西)弗兰塞斯克·米拉莱斯著;欧阳石晓译
.—北京:人民文学出版社,2023
 (幸福关键词)
 ISBN 978-7-02-017833-9

 Ⅰ.①一… Ⅱ.①埃… ②弗… ③欧… Ⅲ.①散文集
-西班牙-现代 Ⅳ.①I551.65

中国国家版本馆 CIP 数据核字(2023)第 039115 号

责任编辑　卜艳冰　杜玉花
装帧设计　钱　珺

出版发行　人民文学出版社
社　　址　北京市朝内大街 166 号
邮政编码　100705
印　　制　山东新华印务有限公司
经　　销　全国新华书店等
字　　数　85 千字
开　　本　889 毫米×1194 毫米　1/32
印　　张　5.75
版　　次　2023 年 5 月北京第 1 版
印　　次　2023 年 5 月第 1 次印刷
书　　号　978-7-02-017833-9
定　　价　59.80 元

如有印装质量问题,请与本社图书销售中心调换。电话:010－65233595

"学徒在开始学习经文、
念诵佛经之前,应该先学会
如何读懂雪、风和雨写下的情书。"

一休大师①

---

① 一休宗纯(1394—1481),日本后小松天皇皇子,幼年出家,是室町时代禅宗临济宗的著名奇僧,也是著名的诗人、书法家和画家。——译者注。本书脚注除注明"原注"的外均为译者注。

在一间古老的茶室

在那个我们还未意识到这本书即将诞生的下午,一场暴风雨降临在祇园的街道巷弄里。那是在京都的市中心,艺伎以及其他一些神秘艺术的发源地,我们跑进一间茶寮躲雨。因为并非旺季,茶室里的客人寥寥无几。

我们坐在靠窗的矮桌边,看见湍急的雨水流过狭窄的街道,卷走樱花的花瓣。

那是春末夏初的时节,让日本人痴狂不已的白色樱花将很快消逝不见。

一位穿着和服的老妇问我们要喝点什么,我们点了茶单上最特别的一款茶:嬉野市的玉露,位于日本南部嬉野市出产的茶叶被公认为世界佳品。

在等待热气腾腾的茶壶和茶杯端上来之前,我们聊着对这座古都的印象。让我们叹为观止的是,这座人口少于巴塞罗那的城市,在其周围的山丘中拥有两千座寺庙。

接着,我们沉默下来,静静聆听雨水敲打在石板路面的声响。

当老妇端着托盘回来时,茶的芳香将我们从甜蜜且短暂的小憩中唤醒。我们举起茶杯,欣赏浓郁的绿色,然后品了一口茶,有一点儿苦,又有一点儿回甘。

就在那一刻,一个打着伞的年轻姑娘正好骑车经过古老的茶室,她腼腆地冲我们微微一笑,接着便消失在巷子尽头的雨幕中。

也是在那一刻,我们俩抬起头,看见一块挂在深棕色柱子上的木板,木板上刻着:

一期一会

我们试着破译那几个念作"Ichigo-Ichie"的字的含义,与此同时,湿润的风吹得挂在茶室屋檐的铜铃叮当作响。那个词的意思是:**我们此刻正在经历的一切都无法复制**;因此,我们应该把每一刻当作宝贝一样来珍惜。

那个词完美诠释了那个下着雨的下午我们在京都古城的经历。

我们聊起其他一些与之相似的无法复制的时刻,我们在当时因过去、未来或当下的干扰而没能留意那些时刻。

背着书包一边走在雨中一边翻看手机的学生即是一个例子。这让我们想起在上一本书中提到过的梭罗的一句话:"消磨时间不可能不伤及永恒"。

那个春末的下午点燃了我们灵感的火花,让我们在接下来几个月的时间里不断思考、反省。在绝对碎片化的时代里,在即时性的文化中,在缺乏倾听且极度肤浅的当下社会,每一个人心中都有一把钥匙,能够再次打开关心他人、和睦共处、热爱生活的大门。

那把钥匙就叫作"一期一会"。

在接下来的章节,我们将分享一场独一无二且能让人脱胎换骨的体验,带你发现如何让每一刻都成为生命中最精彩的时刻。

埃克托尔·加西亚和弗兰塞斯克·米拉莱斯

一期一会

构成本书精髓的这个词在西班牙语中并没有对应的翻译，但我们可以通过两种诠释来理解它的含义。

"一期一会"可以翻译为"一次，一会"，或者也可以翻译为"在这一刻，一个机会"。

这个词想要传达的含义是，我们生活的每一刻、每一场体验都是独一无二的瑰宝，它无法以相同的方式重现。因此，假如我们未能尽情享受它，将会永远失去这个机会。

> "一期一会"
> 其中每一个字的意思为：
> 一（一）
> 期（次）/（时期）
> 一（一）
> 会（会面/机会）

香巴拉之门

一则藏地传说清晰明了地诠释了这个概念。相传一位猎人在喜马拉雅白雪覆盖的山顶追逐一只鹿,突然间,高大的山脉被劈成两部分,从那里可以看到山的另一面。

在裂缝处站着一位留长胡子的老者,他冲惊愕不已的猎人做了个手势,让他过去。

猎人走了过去,朝着能容下一个人的裂缝往下看。眼前的场景让他呼吸困难。

裂缝的另一侧有一座富饶明媚的花园,看不见尽头。孩子们开心地在硕果累累的树下玩耍,动物们在那个美丽、宁静且富庶的世界自在生活。

"你喜欢眼前的场景吗?"老者见他吃惊的模样,问道。

"当然喜欢了。这……这一定是天堂吧!"

"是的,你找到了天堂。你为什么不进去?在那里你可以幸福地度过余生。"

狂喜中的猎人回答道:

"我会进去的,但我得先去找我的兄妹和朋友。我很快就会和他们一起回到这里来。"

"随你的便吧,但你得知道,香巴拉之门一生只会开启一次。"老者微微皱了皱眉,提醒他道。

"我很快就会回来。"猎人一边说,一边跑着离开。

所见之景让猎人疯狂,他沿原路返回,穿过峡谷、河流和山脉,回到村庄,向两个兄妹和三个青梅竹马的朋友讲述了他的见闻。

他们跟着猎人迅速出发,在日落前就抵达了香巴拉入口所在的高山。

然而,进入香巴拉的通道已经关闭,再也不会打开。

那个美妙世界的发现者不得不在接下来的日子里继续以打猎为生。

现在不做,永无机会

"一期一会"这个词的前一半("一期")在佛教经文中指代从出生到死亡的这段时间。就像前面的藏地传说一样,生命中的机会或遭遇都是在当下这一刻摆在你面前的。如果没能把握住它，你将会永远失去这个机会。

如同人们常说的，人只活一次。每一个无法复制的时刻都是一道可以打开的香巴拉之门，你不会拥有第二次推门进入的机会。

我们每个人都知道这一点，但在生活中，却很容易因为日常工作和事务而忘记了它。

意识到"一期一会"能让我们把脚从油门上移开，提醒我们每一个早晨、与我们的孩子和爱人共享的每一刻都无比珍贵，都值得我们全身心地投入。

这一点之所以非常重要，其首要原因是我们不知道生命会在什么时候终结。每一天都可能是最后一天，谁也无法在入睡前保证第二天早上一定能够再次睁开双眼。

据说，在西班牙的一座修道院里，僧侣每每碰面时都会对彼此说："兄弟，记住，某一天你会死去。"这句话非但没让他们感到悲哀或焦虑，反而让他们活在永恒的当下，促使他们享受每一刻。

就像马可·奥勒留在《沉思录》中所说，存在的悲剧并非是死亡，而是"从来没有开始活过"。

从这个角度而言,"一期一会"与"现在不做,永无机会"(英文中的"now or never")的概念相似,因为即使我们活到高龄,生命中的每一刻也都拥有其独一无二的精华,无法得以复制。

也许我们会与相同的人在同一个地方重逢,但我们的年龄增长了,境况和性情有所改变,喜好和经历也不一样了。宇宙不停地改变,我们也随之改变。因此,没有任何一件事会以同样的方式再次发生。

这个词的来源

"一期一会"第一次出现在书本中是在日本茶人山上宗二大师写于一五八八年的著作。他的原话为:

> "须尊重主人,把这看作
> 是一生仅有的一次聚会。"

假如不直译我们感兴趣的那个日文词语,可以将这句教诲翻译为:"用'一期一会'来对待你的主人。"

山上宗二写下这句话的契机是记录跟随千利休学习茶道的心得。千利休是侘茶的创始人之一,那是一种强调简单性高于一切的茶道。

然而,为了表述这一概念,山上宗二借助了古文中的"一期一度",它与"一期一会"只一字之差,"度"的含义为"次",而不是"会"所指代的"会面"。

这一改变非常重要,因为我们由此可以领会茶道中每一刻的独特性。我们将在后文用一整个章节来探讨、学习茶道中深邃的哲学。

刚好在"现在"

"在每一次茶会中都应该全身心地投入,关注每一个细节,因为那是独一无二的会面,乃'一期一会'之缘。即便主客多次相会也罢,但也许再无相会之时,无法以完全相同的方式复制那场会面。

如果我们能够感受到每一刻是多么非凡,那么我们就会意识到生命中的每一刻都是独一无二的。

为此，作为主人应尽心招待客人而不可有半点马虎，展现出完完全全的真诚，专注于每一个细节，尽最大努力让茶道以优雅的方式顺利完成。

而作为客人也需要意识到，这场会面不会再次发生，因此一定要欣赏主人精心准备的所有细节，当然，也要全身心地参与到茶道之中。

这就是我在说'一期一会'这个词的时候所想要表达的。"

井伊直弼，江户幕府的大老[1]
《茶汤一会集》（1858年）

"一期一会"在当下的应用

除了茶道以外，今天的日本人会在以下两种场景中使用"一期一会"这个词：

---

[1] 大老是日本江户时代在德川幕府中的官职名，职责是辅助将军管理政务。——原注

第一次与陌生人会面时。

与熟人会面时,想要强调每一次会面都是独一无二的。

假想这样一个场景:在京都街头迷路的你向路人求助,发现对方碰巧曾在欧洲生活过一段时间,于是你们聊了十来分钟。用"一期一会"来与对方告别是一种非常美妙的方式。你想要表达的是,这场会面十分美好,它无法被复制。

第二种使用场景更类似于我们前文提到的茶会。我们对常常会面的朋友使用这个词,强调每一次会面都是特别的、与众不同的。随着生命的流逝,我们每一个人都在成长和改变。正如赫拉克利特所言:"人不能两次踏进同一条河,因为河已非同,人随境迁。"

这两种用途都是为了表达与对方共享时光的感激。同时,它也传递了一丝怀旧之情,提醒我们在世界的旅程是多么地转瞬即逝,就像前面提到的僧侣见面时的仪式一样。"一期一会"让我们意识到,每一次会面都可能是最后一次。

瞬间的捕手

在本书中,我们不仅会了解许多与"一期一会"相关的迷人的日本文化,同时也会学习如何与他人或与自己创造并体验让人难忘的时刻。

我们将在接下来的章节中看到,培养和练习"一期一会"能让我们的生活更加满足与幸福,不会被过去或未来困扰。我们将学会如何完完全全活在当下,感知并欣赏每一刻赠予我们的礼物。

当我们一起完成这场旅行时,我们将成为美好瞬间的捕手。我们将能够及时捕捉并尽情享受每一个时刻——独一无二、无法复制的时刻。

《花生》中有一幅非常美好的场景,查理·布朗和史努比背对着坐在湖边的堤岸,他们的对话如下:

"史努比,某一天我们都会死去。"

"是啊,查理,但在其他的日子我们则不会死去。"

史努比那句话的含义远不止于玩笑。我们无法得知自己会在哪一天离开这个世界(这是件好事),但如何度过"其他的日子"(我们活着的日子)则完全取决于我们自身。这些日子由许多的会面和不同的时刻组成，我们可以将之随手挥霍，也可以让它们变得终生难忘。

这让我们想起史诗般的电影《少年时代》的结尾。导游理查德·林克莱特跨越十二年的时间，使用同一批演员进行拍摄，让观众亲眼目睹生命的流逝。在一百六十五分钟的时间里，我们可以看见在影片开始时不过六岁的男孩梅森如何成长、生活，直到进入大学。

在克服了各种困难后，影片以梅森与大学里新结识的伙伴的一场郊游结束。已出落成一个聪明、敏感的男孩的梅森在与一个女孩（可以推测，这个女孩将成为他生命中十分重要的人）一同欣赏日落。

"你知道人们常说的'捕捉瞬间'吗？"她激动地说道。"我不知道……我开始觉得这句话应该恰恰相反，应该是'瞬间捕捉我们'。"

人们就这一幕展开了深入的讨论，它与"一期一会"的日本哲学息息相关。

正如孕妇会开始留意周围其他隆起的肚子，当我们成为瞬间的捕手，所有的一切都会变得独一无二、美妙动人。因为我们明白"此刻正在经历的将永远不会再次发生"。

第一部分
转瞬即逝的美

"开花"和"满开"

对"日升之国"有所了解的人都知道,一年中最美的日子是春天樱花盛开的时候。

在我们对"Ikigai"①进行调研的冲绳岛亚热带岛屿,樱花早在一月就盛开了;在日本的一些大城市,樱花的花期通常在三月底至四月中旬;而在寒冷的北海道,樱花甚至在五月才开放。

日本人每年都带着极大的兴致关注开花日期的预测,樱花盛开除了其本身的美丽,还具有象征意义,我们将在后文中提到。所谓的"樱花前线"②从南部向北发展,每一座城市都有一棵树作为参考,用于通报全民参与的大自然节庆的开端。

在日本,一共有九十六棵作为参考(或称为指标)的樱花树,用来标识"开花"的开始。比如,京都的

---

① 这个日语单词的含义是"生活的意义",或者也可以翻译为"保持忙碌的幸福"。我们在《Ikigai:冲绳岛幸福长寿秘诀》一书中深入探讨过这一概念。——原注
② 又称樱前线,是预测日本各地樱花开花日期的等值线。

参考树位于该市气象局的花园里。每天早上都会有一位雇员去花园里查看树芽是否开花了。在开花的那一天,新闻将传遍全国。

"花见"

当开花日期与"樱花前线"的预测一致时,日本人会立即前往公园,进行"花见"仪式。

假如在这个时期前往花园,会看见一群群公司职员坐在樱花树下,家人开心地散步,情侣浪漫地与樱花合影。

这种庆祝大自然和新生(以及希望)的传统非常古老,据编年史记载,早在公元三世纪就已存在"花见"的庆典。

庆祝活动在日落后继续进行,被称作"夜樱"或"夜晚的樱花"。夜幕降临后,人们点亮挂在树上的传统纸灯,为花园和公园赋予魔幻的氛围,宛若吉卜力工作室制作的电影。

朋友和情侣们坐在夜晚的樱花树下，喝杯清酒，吃点小吃，享受那个时刻——那个毫无疑问属于"一期一会"的时刻。因为当花瓣在一两周后飘落，要等上整整一年（要是我们运气好，还继续活着的话）才能再次看见这番场景。

樱花是一个肉眼看得见的例子，证明生命中美好的事物总是十分短暂，无法推后享受。

樱花盛开庆祝活动的正式开端是"开花"，这个词形容第一枝嫩芽开花。在一周后，樱花完全盛开，被称作"满开"，意为"樱花完全开放的那一刻"。

再过一周之后，花瓣开始从树上落下，如果有风雨，日期更会提前，正如我们在京都遇到的。

花落的时刻同样也受日本人欣赏，他们专门为此创造了一个词，叫作"花吹"（日文：花吹雪），形

容樱花的花瓣雨，描绘那个既美丽动人又转瞬即逝的诗意时刻。

"开花"的魔力

我们在上一本书《森林浴》中提到了大江光的非凡经历。他是诺贝尔文学奖获得者大江健三郎的儿子，从小患有严重的残疾。某一天在花园里与父母散步时，他听见并完美模仿了鸟叫声，从而进入音乐的世界。

那是一个典型的"开花"时刻——当我们内心某个陌生的东西开始开花的时刻。

发现某个新爱好的那一刻充满了魔力，尽管有时候它发生的地点并没多少诗意（比如在某个酒店的游泳池）。

就像丹·布朗所说，他之前从未想到过写作，直到某天在游泳池边发现了一本别人留在躺椅上的书。

当时正与妻子在度假的他感到十分无聊，幸好那本西德尼·谢尔顿的《世界末日阴谋》拯救了他的假期。

他一回到家就决定也要写一部悬疑小说，于是他带着内心的"开花"开始写作。几年后，《达·芬奇密码》席卷全球，他也因此成为百万富翁。

"开花"也广泛存在于恋爱的初期。就像在春天盛开的樱花一样，某个在一秒前对我们而言还无足轻重的人突然之间让我们头晕目眩，成为我们生活的中心。

在神秘的爱情中，"开花"可能源于最让人意想不到的理由。我们为什么爱上另一个人？

当我们就那一让人难忘的开启崭新世界的时刻询问他人时，我们得到如下答案：

- "我第一次听见他的声音时，感到呼吸困难。"
- "他腼腆又深邃的目光让我想要了解他的内心世界。"
- "我爱她收拾被我搞乱的东西的那番仔细。"

所有这些都是"一期一会"的时刻，假如我们能够捕捉并欣赏这些独一无二的时刻，那么它们就会照亮我们接下来的生活。

"满开"的方程式

如果说"开花"能够让人发生改变,那么我们则都希望能将它转变为"满开"。也就是说,让我们心中萌发的东西逐渐成熟,充分发展。以下是一些例子:

- 坠入爱河中的人为了避免爱的花儿凋谢,决定无论晴天雨天都坚持浇灌呵护感情。
- 新手作家在萌发了写一本书的念头后,每天坚持固定的写作日程,直到完成全书。
- 不屈不挠的创业家为了不让事业昙花一现,坚持寻找完善和创新的方案。

在谈论将一个最初的念头或爱好发展成熟的深化道路时,人们常常会提到马尔科姆·格拉德威尔的从"开花"到"满开"所需的一万小时定律。

这名出生于英国的记者在《异类》一书中用名人的例子来证明那个小时数的计算(用作者的话来说是"成就伟大的魔幻数字"):

- 比尔·盖茨十岁就开始在西雅图的学校进行编程。一万小时后,他的成就让信息学世界为之震惊。

- 披头士乐队在汉堡的俱乐部演奏了两年,每天八小时(共计一万小时),才以日益精湛的技艺回到英国,发布让其名声大噪的第一首单曲《爱我吧》(Love me do)。

格拉德威尔因此得出结论,光靠天赋远远不够,还需要坚持和努力,才能让天赋大放异彩。

铸剑师

日本人对细节的关注和耐心在各行各业都可以看到。最著名的例子之一是数寄屋桥次郎寿司店,尽管它位于东京银座地铁站里,但是仍然被公认为世界最棒的寿司店。店主的儿子刻苦练习了几十年才得以完成一道上乘的玉子烧。

类似的许多门艺术都没有设置可以在那里学习秘诀的学校;知识和技能只通过师傅传给徒弟。日本刀的铸造工艺尤其如此。

目前，日本全国只有三百名从事生产的日本刀铸造者，但这其中只有三十名完全投身于铸铁业。他们中的每一名都带有学徒，确保这门艺术不会失传。

这个数字和中世纪的巴塞罗那相似，那时候有二十五名铸剑者。

铸剑并非通过读书或上学就能学会。要想掌握这门技艺，需要在那三百名铸刀师之一的手下学习至少十年。比任何一门大学专业所需的时间都要长！

为什么铸造日本刀这么难？我们不会讨论铸刀的细节，但想要获得高质量的钢，其难度不亚于烹饪一道美味的玉子烧。

其中最重要的一个标准是极低的碳含量，因为这样能保持钢的属性。最上乘的日本刀的碳含量在1%至1.2%之间。要达到这一数字的难度非常之大。铸刀大师们在将刀放在一千二百度至一千五百度的烤箱内三天后，能凭直觉判断出其碳含量是否达到了这个理想值。

传统的日本刀没有任何配件，它代表着力量、坚持和简单。需要寻找最佳的材料，然后用锤子铸造它，努力获得最大的密度。

> 日本铸剑师（他们被日本人公认为国宝）教会我们的一堂课是：去除不必要的东西，直到获得精髓；我们的美和力量亦是如此。只有通过耐心和坚持才能达到这个目标。

高尔曼[1]等人提出反对意见，认为持之以恒不一定能成功，因为有些行业需要非凡的天赋。格拉德威尔对此发出声明：

"在体育竞技中，一万小时定律并不适用于任何人。仅仅靠训练并不足以成为成功的重要条件。我也许下了一百年象棋也永远不会成为世界象棋大师。然而，天赋再加上巨大的时间投入，就足以获得成效。"

如果把他的话用日语中的术语翻译过来，那么方程式的第一部分是"IKIGAI"：发现喜爱并且擅长的事情。

在我们找到了使命之后，随之而来的是"开花"，

---

[1] 高尔曼（Daniel Coleman 1946— ），美国著名作家兼心理学家。

有时候这一步是最难的：把其他人的急事放在一边，给自身的爱好和热情腾出空间，让生命的使命在心里发芽。

第三步则是带着耐心继续走在那条路上，保持梦想，直到实现"满开"。

总结来说，方程式是这样的：IKIGAI + 开花 + 时间 = 满开。

当我们发现了自身的才能，就可以开始行动，把才能当作生命中最重要的事，我们的爱好和热情就会为自己和他人带来幸福。

开花永远不会太晚

当我们想到开始进行一项新事业的时候，脑海中常常出现一个前面的路还很长的年轻人的形象，然而这是一种偏见。每一个人，无论年龄，都能够赋予生命新的开端。

甚至是老年人也可以重新开始，再次出发，因为老年人"前面的路也很长"。最重要的并不是我们还能活多少年，而是我们将在余生做些什么。

结束"正式的"职业生涯后开启完全不同的生活在日本很常见。那些在办公室度过了大半辈子、为公司辛勤劳作的人在退休后成为自己生活的主人，像绝地武士一般，挑战年龄，从事一辈子梦想的事业。

于是，你常常会在小火车站碰见八十岁甚至更年长的导游，他们自愿为外来游客讲解该地区的景点，并告知巴士和登山的时间表。

譬如，打算前往长野看雪猴的旅客在以温泉闻名的汤田中车站下车时，会受到这些友善的老者的欢迎，他们因能与来自世界各地的徒步者练习英语而十分开心。

正如我们在调研"ikigai"的过程中从冲绳岛的长寿老人身上学到的，假如敢于做你喜欢的事，那么每一天都将成为你生命中最美好的一天。

两个"大器晚成"的例子

英语中与"大器晚成"同义的词直译过来是"晚开的花"（late bloomer），指那些在年龄比较大的时候才发现自己的才能甚至发现"ikigai"的人。

人们通常认为智力的全盛时期是成年的早期，在成熟期过后智力将随着年龄下降。大器晚成的人对这一观点做出了挑战，他们不断完善、创新，用多年积累的智慧向着新目标一步步高升。

我们将通过两个再清晰不过的例子来证明年龄并不是成功的障碍。

第一位是菲律宾人梅秋拉·阿基诺，当发起将带领菲律宾走向独立的革命时，她已经八十四岁了。她非但没有害怕，反而用她的帐篷收留伤者和受害者，并在那简陋的军营里为革命者提供建议，组织秘密会议。

殖民者并没有对她组织的破坏活动视而不见，他们逮捕并审问她，试图从她口中获得革命领袖的名字。梅秋拉·阿基诺什么信息也没告诉他们，于是她被流放到了马里亚纳群岛。

当美国夺过菲律宾的统治权,梅秋拉回到祖国,受到英雄般的欢迎,被誉为"伟大的革命女性"。她在二十年间积极参与新国家的建立,直到在一百零七岁时过世。

文学艺术界则更是大器晚成者的温床。英国出生的作家哈里·伯恩斯坦在二十四岁发表了一则故事,但直到九十三岁才开始写第一部小说《看不见的墙》。他在二〇〇七年完成并出版了这部小说,那时他已九十六岁。

在获得成功后,记者问他是什么推动着他在这么大的年龄开始写小说。他回答说,在与他一起生活了六十七年的妻子去世后,是一个人生活的孤独带领他走向了写作小说的使命。

读者的热烈追捧让伯恩斯坦深受鼓舞,他接着又写了三部小说,直到在一百零一岁过世。他在《纽约时报》的一则采访中说:"如果可以健康地活着,那么过了九十岁后,只有上帝知道在你体内窥伺着什么样的才能。"

你呢？你在哪里？

那些活得长寿且有意义的人通常具备两个特征：他们清楚地明白自己的使命，同时也懂得享受每一刻。因此，就像我们从大宜味村①的老者身上学到的，要将每一个瞬间都当作永恒来度过："一期一会"。

然而，看看周围的人，或者我们自身，就会发现很多时候我们很难让自己专注于当下。我们的想法朝着不同方向旅行，却很难让它停留在当下的地点、手上正在做的事情、此刻身边的人身上。

假如你此刻是一个人，那么你则是和自己在一起。

---

① 大宜味村位于冲绳岛北部地区国头半岛西侧，以长寿闻名。

四种基本情感和时态

尽管心理学家保罗·艾克曼根据面部表情把人类的情感扩展到六种，增加了惊讶和厌恶的情感，但我们生活中最基本的情感分为四种，我们将在下文看到，这些情感将我们置于一种或另一种时态之中。

让我们先来看看这四种情感：

1. **愤怒**。这种情感与求生的本能相关，最初被用来面对我们所遭遇的威胁。因此，当我们愤怒时，肌肉绷紧，做好打斗或反击的准备，同时心跳和呼吸也变得急促。身体将分泌肾上腺素和去甲肾上腺素，带来压力感，压力感随后变成疲惫。

   这种情感不仅非常负面，在今天，它的产生也很少与真正的威胁有关，因为除了非常特殊的情况（战争或街上发生的抢劫），我们的生活几乎不受侵略的威胁。

   在当今，我们愤怒是因为觉得某些事不合理或做得不好。假如发起进攻，我们常常会失控，而让问题变得更加严重，因为在这种情况下，对方会感到威胁，从而发起攻击。假如我们克制住愤怒，那我们则会伤害自己。

无论是发起进攻还是克制住自己，愤怒通常都是一种极具破坏性的情感，就像佛祖所言："生气就好比手里握着一块炙热的碳，想要把它扔给别人，最终被烧伤的人是你。"

由于我们通常都是因对某件事的感受或对做某事的人而产生愤怒，"愤怒将我们置于过去"，从而阻碍我们享受当下。

2. 悲伤。这种情感与"失去"相关，产生于各种各样的情况下。我们在失去爱人、死亡或分离时感受到悲伤，为了适应崭新的情况而需要度过一个痛苦的过程。当我们失去一个珍贵或非常有用的物品（譬如手机），当汽车坏掉，当收入减少时，也会感到悲伤。

有一些关乎存在主义的悲伤，让我们进行反思，比如当我们无缘无故失去了活下去的希望和意愿，在死气沉沉中日渐凋零。

当悲伤持续的时间超过了失去所需要的恢复期，它就有可能变成抑郁。

悲伤在没有影响到健康的范围内可以让我们明白到底发生了什么，与深爱的人或事物告别，准备迎接新的生活。从艺术的角度来说，可以将它理解为内心的修炼。

艾克曼指出，从生理学的角度而言，这种情感会造成上眼皮下耷、嘴角下垂。处于悲伤中的人对眼前的事物毫不在意（"并非在当下"），于是我们才说某人带着"失落的目光"。

无论如何，这种情感导致我们的注意力集中在已失去的、不再存在的事物上，或者在我们想要却未能拥有的事物上，因此"悲伤也将我们置于过去"。也就是说，当我们处于悲伤之中的时候，我们并不在当下。

3. **恐惧**。恐惧和愤怒一样，与求生的本能息息相关，是在面对威胁或可能受到的伤害时产生的情感。生活在森林里的人类必须得通过恐惧来察觉临近的危险，让身体为搏斗或逃跑做好准备。

同愤怒一样，恐惧也会激发肾上腺素和去甲肾上腺素的分泌，导致脉搏加速、血压上升以及过度换气。恐惧的其他生理反应包括出汗、颤抖、肌肉紧张，有时候甚至让人感到全身瘫痪。

恐惧的问题也和愤怒一样，在当今的社会，人们很少面对侵略者或真正的威胁。我们因可能发生的、但此刻还未发生的事而感到害怕。我们害怕失去工作、失去伴侣、失去朋友的关爱、失去健康……

这种基于对可能发生的事情的预感之上的恐惧，如果持续发生，将可能造成焦虑不安，甚至恐慌发作。我们如此恐惧未来可能发生的事，这种对恐惧的恐惧让我们无法正常生活。

毫无疑问，这种情感"将我们置于未来"。只要心里还有恐惧，我们就无法享受眼下正在做的事以及当下所拥有的一切。

4. **快乐**。这是人们最少研究的一种情感，它有些神秘，因为有时候快乐的产生毫无缘故，而且有些人仿佛天生就很快乐，而另一些人则与它绝缘。

根据快乐的不同程度，我们内心的感受可能是平和的喜悦，也可能是激动的狂喜。无论如何，这是一种让人们感到愉悦、轻松且乐观的情感。

快乐让我们变得膨胀，正因如此，我们才会在快乐的时候想要与他人分享。快乐让我们更具有同感心、更慷慨、更人性。

在足球比赛中，当某个队员进球时，他会奔跑着去与其他队友拥抱。快乐是用来感受与分享的。它不仅让我们看到生活中阳光的一面，更将我们与他人拉近。

作家兼演讲者阿莱克斯·罗维拉将这种情感分成了两种不同的类型：客观的快乐和主观的快乐。第一种取决于外部的事件，因此它十分短暂：球队的胜利、中彩票、工作晋升……主观的快乐并非源自某个特别的原因，而是发自我们的内心，仿佛是为灵魂调谐的乐曲。在本书的实践章节，我们将学习如何获得这种不受外界左右的情感，从而进入幸福的状态。

在以上四种基本情感中，唯有"快乐属于现在"，它亦是"一期一会"的家。正因为我们知道快乐发生在现在，不是在过去，也不是在将来，我们才要全身心地充分享受它的每一刻。

情感	时态	关键词
愤怒	过去	回来
悲伤	过去	清醒
恐惧	将来	返回
快乐	现在	"一期一会"

将情感翻译为时态

自从情商这一概念流行起来,我们越来越能够意识到自身的感受,但我们并不了解情感如何让我们旅行(并且是不愉快的旅行)到过去或未来。

从这个角度来看,将情感翻译为时态这样一个简单的练习可以有效地帮助我们回到现在,回到"一期一会"所代表的快乐、宁静和注意力之中。

你只需要在感到不快乐的时候进行这样的翻译:

"你在生气/难过吗?因为你住在过去。回来!"
"你害怕吗?因为你住在未来。回去!"

当我们将自己从过去或未来拉回来时,就能重新获得当下的快乐。

试着将情感翻译为时态,这样能更容易从负面情感中走出来,因为谁也不想做"现在王国"的流亡者——重要的事情只在"现在王国"里发生。

因此,假如意识到自己在过去,我会马上离开;假如我在未来,也会立即返回。

你的"现在级别"是多少?

为了评估我们处于现在、享受当下的能力,我们设计了这个小测试:

1. **在收到一则让我受伤难过的邮件、信息或电话后……**

    a) 我会感到难过,并很快做出回复,但随后立即会忘掉这件事。

    b) 我会在心里琢磨一段时间,直到找到最恰当的应答方式。

    c) 无论是做出回复还是沉默,我都会一整天(或好几天)被这件事困扰。

2. **在最近一段时间,我发现一位曾经亲近的朋友对我不冷不热,渐渐疏远。我会……**

    a) 我不会太在意这件事。我会想,也许他/她压力大,或者在忙别的事。在不久的将来,当时机成熟,我们会再次走近。

    b) 我会给他/她写一封长长的邮件,或约他/她出来,询问到底发生了什么,是与我有关，还是他/她遇到了什么麻烦。

c) 我会因他/她的疏远而感到受伤，会将他/她从我的亲密好友中删除。假如这个人无法对我的关爱做出回应，那么也就不值得与他/她做朋友。

3. **在刚开始一场旅行的时候，我发现托运的行李丢了。24小时后行李依然没有找到，我会……**

a) 我不想毁了旅行，于是去商场买了衣服和必需品，开始享受假期。假如行李真的丢了，我会在旅行结束后跟航空公司索赔。

b) 在旅行的过程中，我每天会打两次电话给航空公司，确保他们在继续寻找我的行李。我会给他们施加压力。

c) 丢了衣服和生活用品，我也没了享受假期的心情。我会一直诅咒那家航空公司，真是一群废物。

4. 我在报纸在上读到，我所在的公司/从事的行业即将陷入危机。我的反应是……

   a) 继续努力做好我的工作，因为我明白这是我唯一可以做的。

   b) 我会开始打电话给同事们，看看情况是否真如报纸上说的那么严重。

   c) 我感到焦虑，开始为可能发生的危机寻找出路。

5. 我听说一位我十分敬重的对教学充满热情的老师身患绝症。

   a) 我会询问她在哪里住院，在获得她允许的情况下尽早去医院看望她。

   b) 我会开始思考生命的短暂，所有美好的事物都转瞬即逝。

   c) 我会开始怀疑自己是否也可能患病，告诉自己应该从现在开始周期性地进行体检。

计分

选择 a) 获得 0 分，b) 为 1 分，c) 为 2 分。

计算五个问题的总分。

*6—10分：较差——你很容易进入过去或未来，那是压力或焦虑的结果，让你无法享受生活。你需要学习如何回到当下。

*3—5分：中等——你情绪的波动并不足以让人担忧，但假如能够减少在心里反复思考某件事，你会感到内心更为平和，从而更加幸福。只需要稍加练习，你就能做到。

*2分或2分以下：优秀——尽管发生的事情会把你带到过去或未来，你知道如何立即返回到现在。你拥有成为"一期一会"大师的潜能，可以启示他人。

现在是一个应该打开的礼物

自从释迦牟尼教导弟子牢牢握住此时和此地，我们在2500年来追寻"现在"，它常常像雪一样在我们的掌心融化。

在下一章，我们会探讨禅学里保持置身于当下的策略，以及一名日本僧侣是如何影响史蒂夫·乔布斯的生活的。但在进入这一部分之前，我们将在本章的最后，一起了解当我们成功告别过去的痛苦或对未来的恐惧后，体内会发生什么。

十年前，斯坦福大学心理学家菲利普·津巴多与约翰·博伊德合作出版了《时间的悖论》一书，在书中对专注于现在的头脑做了如下描述：

"当你的意识完全位于当下，充分意识到自己和周围的事物，那么也就意味着你将获得更多把头抬起在水面游泳的时间。这种状态非但不会阻碍你查看可能存在的危险和愉悦，恰恰相反，你十分清楚自己的状况以及前行的目的地，可以不断矫正你的方向。"

对于那些大部分时间都并非活在当下的人而言，这样的体验能为他们带来重要的转变。津巴多的合作者詹妮弗·艾克和梅兰妮·路德所进行的一系列实验即证明了这一点。她们在实验中帮助研究对象体验短暂的"永恒"时刻。

通过实验，她们得出这样的结论："这些实验对象立即感受到他们所拥有的时间比自己以为的要多得多，他们不再像之前那般焦躁不安，也更乐于帮助他人；突然之间，体验和感受变得比物质需求更为重要。"

  这些研究对象在享受当下的同时，也对生活感到更加满意。

  实验的结果表明，和英语一样，"现在"同时也意味着"礼物"①。现在一直在这里，它以一个个时刻的形式呈现在我们面前，让每一个时刻都成为难忘的瞬间。然而，就像礼物一样，首先需要做的即是打开它。

  接下来，我们将讨论应该怎么打开它。

---

① 在英语中，"present"（"现在"）也有"礼物"的意思。

禅　感

　　人们对史蒂夫·乔布斯的事迹非常了解，但对于他是如何走进禅宗的过程却知之甚少。禅宗对他创造"苹果"品牌产生了重大的影响。

　　据说，他在大学的两年间（其中一年半因贫困而做旁听生）读了不少关于东方宗教和哲学的书籍。他与好友丹尼尔·卡特基讨论从阅读中获得的发现，他们俩在多年后一起制造出麦金塔电脑（Mac），卡特基的签名甚至被刻在了电脑的内侧。

　　但在史蒂夫开始创业之前，当他于一九七四年回到家时，为了存钱去东方旅游，他进入家用电子游戏机的先驱公司雅达利工作。

　　几个月后，他攒到了足够多的钱，辞去工作，在丹尼尔·卡特基的陪同下前往印度。卡特基受到乔布斯的影响，也加入他对灵性的追寻。

　　他们在那几个月的时间里搭乘巴士辗转于印度的每个角落，但并没有找到理想的精神导师。整个旅行中最有趣的事件是当一个印度和尚手握剃刀来到乔布斯的身边，趁他不注意给他剃了个光头。

回到美国后，乔布斯继续在雅达利工作了几个月（并参与了《Breakout》游戏的开发），直到与合伙人斯蒂芬·沃兹尼亚克卖出了第一批第一代苹果计算机（Apple I）。仅仅五年过后，他们的公司就上市了，让三百多个苹果员工摇身变成百万富翁。

坐禅的宁静

"坐禅"从字面上可以分解为"坐"和"禅"，是日本最受欢迎的冥想方式之一。传统的坐禅方式为双盘腿或单盘腿坐在垫子上。

最重要的是背部从骨盆到脖子一定要挺直。眼睛看向地面，大概距身体一米的地方，或者像临济宗那样看向墙壁。

坐禅冥想并没有某个确切的目的，只不过需要将注意力最大限度地集中在当下，以旁观者的角度观察内心出现的人和事物。

"坐着不动，想着什么也别想。如何想着什么也别想？那就别想。这即是坐禅的精髓。"被公认为坐禅创始人的道元禅师如是说。

我们注意到，大师在这里强调的是"别想"，而并非"让大脑一片空白"（有些人错误地以为冥想即应该"让大脑一片空白"）。这意味着应该让想法在大脑里经过，只是不要带有主观情绪罢了。通过这种方式就可以达到一种脱离了过去和未来的状态，体会到身体在当下的所有感受。

坐禅的年月

在那段时期，史蒂夫·乔布斯开始在旧金山禅修中心练习坐禅。他在那里认识了后来成为他一生的导师和朋友的乙川弘文。

据称，史蒂夫·乔布斯是进行冥想时间最长的学徒之一。他有的时候会休息几天，前往美国第一座禅寺塔萨加拉山禅修中心。他几星期几星期地坐在一面墙壁面前，观察自己内心的活动。史蒂夫喜欢用大脑来查看大脑里的想法，这在心理学中被称为"后设认知"。

我们将在本书第三章学习这种方法，但在那之前，让我们先来认识认识那位深深影响了苹果创始人一生的大师。

乙川弘文出生于京都，前三十年在日本生活，其中三年住在曹洞宗的主寺。他在六十年代末前往美国，一方面为了宣扬禅宗，另一方面也为了教授俳句和日本书道。

众所周知，乔布斯对书法兴趣浓厚。对他而言，电脑屏幕上的字体看起来漂亮很重要。这只是他从导师那里得到的影响之一。

他同时也领悟到将自己全身心投入短暂瞬间的魔力,那是弘文大师从茶寮中学到的"一期一会"。

乙川弘文的启示

"我们坐下来,为我们的生活赋予意义……然后开始接受自己。坐下来即意味着回到我们本身,回到我们所在的地方。"

"你越是能意识到自己的稀有和珍贵,就越能明白如何应用这一点……摆在我们面前的是一项伟大的工作。正因如此,我们才需要坐下来。"

某次,乙川问一个徒弟:
"当所有导师都离开后,谁将成为你的导师?"
"所有的导师!"学徒回答道。
弘文沉默了一会儿,然后说:
"不,是你。"

乙川弘文在二十多年间一直是史蒂夫·乔布斯的精神导师和亲密朋友，他甚至还主持了乔布斯的婚礼。直到乙川在二〇〇二年过世。

乔布斯在决定创立苹果公司之前曾思考过今后应该怎么打算，其中最吸引他的选项之一是将余生献给禅修事业。

乙川弘文在得知了乔布斯的计划后，劝他不要从世俗世界隐退，他是这样说的："当你全身心奉献给喜爱的事业时，你也会在日常生活中找到禅……你可以在创业的同时保持灵修生活。"

换句话说，弘文是在邀请乔布斯从他的"ikigai"中寻找灵性。

乔布斯听从了他的建议，投身于一场将永远改变多个行业（信息、通讯、音乐……）的冒险。

"苹果"中的日本灵感

对乔布斯而言，禅宗是他设计"苹果"产品时的重要工具。最大程度地简化、只保留绝对必要的部分是他设计的准则之一。

设计简约、优美、直观化的 iPod 在面世时带来了一场真正的革命，而 iPhone 等其他产品也体现出乔布斯从禅宗学到的简单性。

然而，乔布斯却一直没去过日本，直到八十年代，他才为了寻找适合麦金塔电脑的软盘而第一次前往日本。在那次旅行中，他结识了索尼公司的创始人盛田昭夫，并独家试用了第一批随身听的样品，该产品给乔布斯留下了深刻的印象。另一个让乔布斯着迷的东西是索尼工厂，他在建造苹果的工厂时对索尼工厂进行了仿效。

除了工作的事宜以外，乔布斯还趁机游览了京都，拜访了曹洞宗大本山永平寺，那是他的导师在前往美国居住前修行的寺庙。

乔布斯后来多次回到过日本，只要有机会，他就会跑去京都，那座他最爱的城市。

乔布斯崇拜的另一个日本人是致力于在简单中寻找优雅的三宅一生。乔布斯渐渐成为设计师的朋友，他在生命的晚年几乎每天都穿着的充满传奇色彩的高领衫即出自三宅一生之手。

"一期一会"生活的八堂禅课

尽管乔布斯是个脾气暴躁、难以相处的人，但对于禅宗的学习让他将美观、简约与和谐通过其创造的产品带入成千上万个家庭。

然而，最重要的是，这门日本版的教义能够让"一期一会"进入我们的日常生活：

1. **坐着就好，观察周围在发生什么**。灵魂的短浅导致我们常常在遥远的地方（空间和时间上的遥远）寻找其实存在于我们身边的事物。禅宗教我们心无杂念地坐下来，拥抱当下的瞬间。与其他人在一起时，我们把他人的陪伴当作礼物来庆祝。

2. **把这一瞬间当作生命的最后一刻来品味**。你一次只能活在一天里，并且谁也无法确保第二天太阳会照常升起。因此，请不要将快乐延期。生命中最棒的时刻永远是当下。

3. **避免外界的干扰**。古老的谚语说，同时瞄准两个猎物的猎人什么也猎不到。当我们试图一边聊天（或读书）一边斜眼看手机时，也是同样的道理。禅宗教导我们一次只做一件事,把每一件事都当作世界上最重要的事来做。假如你真的这么做了,那这件事一定就是最重要的事。

4. **把自己从无关紧要的东西中解放出来**。将专业的旅行家与普通游客区别开来的并非是前者行李中带了什么,而是他们把什么东西留在了家里。既然生命也是一场令人激动的旅程,需要轻装上阵,那么请你在感到负重过多的每一天、每一刻问自己:哪些东西是可以舍弃的?

5. **与自己做朋友**。与其将自己和他人作比较、担忧他人对你的看法,不如认为自己是世界上独一无二的。就像音乐家帕布罗·卡萨尔斯在一首写给孩子们的诗歌里写道的:你是如此美妙,从未有过——也不会再有——一个像你这样的人。

6. **庆祝不完美**。既然充满折痕和弯曲、包含生和死的大自然都并非完美,那你又为什么一定得是完美的呢?每一次失败都意味着可以选择另一条不同的道路;每一个挫折都邀你继续抛光钻石。只要你愿意不断进步，不完美的状态就是一种完美。

7. **练习同情**。从佛教的角度来看，同情并不是为某人感到遗憾，而是一种同感能力，让我们能够设身处地地站在他人的位置，理解他人的动机和错误。每个人都在自我发展的进程中行事。即使当一个人的行为可憎时，那也是他/她在此时和此地能做出的最好的行为。

8. **不要抱有期待**。进行预言、期待某件事的发生毫无疑问会将这个时刻掐死。"一期一会"是像禅宗教导我们的那样，内心不受限制地自由生活。

在最后一点中，期待就像包装纸一样，让我们看不见礼物。一旦将包装纸拿掉，现在（即"礼物"）就会在我们眼前大放异彩。

"苦谛"和"物哀"

佛教中的"苦谛"常常被不正确地翻译为"受苦",但这一概念更为准确的意思是:"所有人类的内心都能持续感受到的那种轻微的痛苦或不满,因为我们知道改变是不可避免的。"

我们在漫长的一生中经常想要试图摆脱这种感受,而并非接受它。比如说,对某物上瘾即是我们用逃避来安抚"苦谛"的方式之一。

当今的社会为我们提供了许多种逃离现实的方法:越来越让人沉浸的电子游戏,互联网上的娱乐,酒精和毒品……尤其是当我们正经历危机或刚刚失去了某个重要的东西后,我们常常寻找方法来远离这种属于我们自身的无常感。

没有什么会永垂不朽,无论是好的东西,还是坏的东西。接受它,我们就可以最大限度地享受生命赋予我们的每一个动人时刻,并且在厄运来临时不会感到绝望。

第二支箭

有一则充满启示性的故事,讲述佛祖如何教导弟子与不断在我们生活中出现的"苦谛"作斗争。

"假如一个人走在森林中,突然中了一箭,会疼吗?"佛祖问他。

"当然会疼……"弟子回答道。

"那么假如那个人马上又中了一箭,会更疼吗?"佛祖继续问道。

"当然了,肯定比第一支箭要疼得多。"

"第一支箭代表发生在我们身上的坏事,"佛祖总结道,"我们无法避免那些事的发生,我们无法控制它们。而第二支箭则是我们自己射向自己的,用不必要的疼痛来惩罚自己。"

第二支箭在现代社会被称为元情绪:我们对感受所产生的感受。

在坏事发生的时候,我们会感到痛苦,不知所措,但当最初的阵痛过去后我们通常会对发生的事反复思考。在我们思来想去的同时,也会让最初的阵痛加剧,结果只会造成更多的痛苦。这即是第二支箭。

生命是一场无止境的冒险,因此我们也就无法躲开第一支箭的威胁。然而,我们却可以避开第二支箭——它是由于反复琢磨第一支箭而引起的焦虑和不安。

佛祖的一句名言精辟地总结了这一点:"痛是难免的,苦却是甘愿的。"

以下是一些避开让我们既疼痛又受苦的第二支箭的方法:

- **要明白生活是由不愉快和开心组成的**,要是没有不愉快的事情发生我们也就无法通过对比来享受开心的时刻。在经历了口干舌燥后才更能够欣赏水的清凉滋润。在体验了悲哀和孤独后,我们才会更珍惜眼前的真爱。

- **意识到疼痛的暂时性**。如果我们不主动将它无限放大延伸,那么让我们受伤的东西只会持续一段时间。只要不沉浸于痛苦中而仅仅接受它,那么它会渐渐消失,并且在很多情况下,它会在我们体内沉淀,成为人生的经验。

- **用享受"一期一会"的时刻来弥补生活中的不幸**。无论是独自一人还是在爱人的陪伴下,渡过难关的最佳方法是赠予自己一场甜蜜美妙的体验，让我们看见生活中阳光的一面。我们将在本书的第三部分介绍许多实际应用的例子。

总结来说，如果我们能够接受第一支箭（疼痛），但避开第二支箭（沉浸于第一支箭的疼痛而造成的痛苦），那么我们就能避免自我惩罚，从而生活得更轻松，享受生活的美好。

即使经历了再多的不幸和悲伤，我们也可以通过参加茶道、进行喜爱的体育运动、听音乐、阅读引人入胜的书籍、发展一门爱好、与带着100%"一期一会"精神的朋友聚会等方式来重新与生活建立联结。

"物哀"

这个被用来形容对美的欣赏的日语词可以直译为"意识到时间的流逝"。当我们真正意识到此刻的所见、所闻、所听、所感是大自然馈赠给我们的转瞬即逝的礼物时，会产生一种强烈的情感，我们可以把那种情感称为"物哀"的"甜蜜的悲哀"。

物の哀れ

哀れ：感伤*

の：的

物：事物

整个词的意思为：生命和所有存在过的事物的无常所带给我们的怀旧和感伤。

*从亚里士多德的观点来看，感伤是人类的情感，它可能会成为存在的痛苦。

感到"物哀"并非是负面的体验；相反，产生这种感受意味着与生命真正的精髓、与转瞬即逝建立了联结。因此，这是一种直接体验"一期一会"的方式。

"物哀"这个词是由日本十八世纪学者本居宣长首次提出的,他用这个词来形容日本人的情绪。他在经典著作中寻找灵感,特别是在写于一三三〇年的《平家物语》中的这几句:

祇园精舍钟声响,述说世事本无常。
娑罗双树花失色,胜者必衰若沧桑。
骄奢之人不长久,好似春夜梦一场。
强梁霸道终殄灭,恰似风前尘土扬。

大自然带给我们许多美妙的"物哀"瞬间:樱花盛开的时分,黄昏时的金色光线,一场不会结冰的雪,秋天铺满干枯树叶的小道……

这些动人的时刻值得我们留意观察,它们能丰盈我们的灵魂。

在本居宣长创造出"物哀"这个词之前,日本人就已学会表达类似的感受。他们微微叹息,发出一阵"唉……"

艺术和文学的历史中满是这样的时刻,我们用特别的情感爱着那些即将失去的事物,那是人类最微妙、也最具诗意的情感。

诺贝尔文学奖获得者石黑一雄是当代"一期一会"捕手的代表。特别是在他的作品《长日将尽》和《莫失莫忘》中，小说里的人物对时间流逝的无能为力被表现得淋漓尽致。

另一个例子则是经典影片《银翼杀手》的结尾：

"我曾见过你们人类难以置信的东西。战舰在猎户座的肩端之外燃烧。我看见了 C 光束在唐怀瑟门附近的黑暗中闪烁。所有这些时刻都将消逝在时间里，就像雨中的泪水。死亡的时候到了。"

享乐适应

在西方同样也存在着这种生命短暂无常的观点，只不过其出发点不一样罢了。

早在公元前三世纪，古希腊的斯多葛派就开始进行负面想象。所谓负面想象，是就失去心爱之物进行冥想。假如我们失去了工作、爱人和家园，怎么办？

对自身提出这个问题的目的并非是要让人悲哀，而是让我们珍惜眼前拥有的一切。

推崇同一哲学主张的古罗马人将这一练习称作"premeditatio malorum"，即"对邪恶的预冥思"。他们以此为工具，从而学会珍惜当下所拥有的，因为当我们习惯了某个事物后常常会对它丧失兴趣。

自然而然地，斯多葛派可以理解被现代心理学称为"享乐适应"的危险。享乐适应是指一旦某个欲望得到了满足，我们将再次感到不满，因为我们会不由自主地想要更多的东西。

打个比方，假如我们习惯了吃十欧元的餐厅，那么去一家三十欧元的餐厅对我们而言就是奢侈的行为。然而，假如随着年龄的增长我们的收入也不断增加，从而习惯了吃三十欧元的餐厅，那么我们也许会开始抱怨那里的食物或服务。为了得到满足，我们将需要前往五十欧元或一百欧元的餐厅。

尽管享乐适应不会影响到禁欲主义者，但它是消费社会的基石。当我们获得了某个想要的东西，在经历短暂的幸福期后，会重新回到幸福的"基点"。

这一点在那些经常更换伴侣的人身上非常明显。

当他们度过了蜜月期、适应习惯了伴侣后，会为了刺激肾上腺素的产生而需要认识新对象。

佛祖很早就意识到了这个症状，他认为欲望是不幸的源泉。假如不能认识到这个问题，我们就无法获得幸福，也无法享受当下的幸福——"一期一会"。

因此，我们需要抛开新的欲望，开始学会欣赏周遭事物的魔力。幸福的根基在于不对身外之物产生欲望，并且欣赏有限的生命馈赠给我们的一切。

"Memento mori"

这个拉丁语词组的意思为："不要忘了你终有一死"，跟我们在前文提到的基督教僧侣见面时说的话一样。这句话的目的是为了提醒我们，我们不过是生命中的过客，是否享受生命完全取决于我们自身。

相传，在古罗马时期，当将军凯旋归来时，为了不让他被胜利冲昏头脑，会有一个人走在他身后，时不时对他重复道："Memento mori"。

这句拉丁语的警言在巴洛克和文艺复兴时期出现

在骷髅、雕像、绘画和其他艺术作品上,和著名的"carpe diem"①一样,提醒我们生命的短暂。

"carpe diem"的亲和一面

人们通常将"carpe diem"与挥霍浪费联系起来,但这个与当下有关的词同样也关乎美好的事物以及生命的精髓。

某位哲学家曾说过,人终有一死,但我们生活的方式却让人以为我们的生命是永恒的一般。尽管这样做能让我们活得像上帝一样,但它同时也为"当下的敌人"打开了大门:

---

① "carpe diem"为拉丁语格言,语出贺拉斯的拉丁语诗集《颂歌》,译为"活在当下,把握今朝"。

- 让紧急的事情（他人的事情）优先于重要的事情（我们的事情）。
- 一而再，再而三地延迟我们的好计划，仿佛一生十分漫长似的。
- 以为当下的情形不利于开展我们喜欢的事，把它留到以后再做。
- 用难过、悲伤或焦虑来抵制当下，让我们无法享受当下。

"carpe diem"和佛教一样，都是对付这些症状的良方，提醒我们世事的无常。没有哪一样深爱的事物是永恒的。因此，每一次都可能是最后一次。

从这个意义而言，"一期一会"是"carpe diem"的亲和一面，因为它并非强调我们终有一死，而是提醒我们"今天还活着"。我们将在本书第三部分看到，仅仅是这一点就值得好好庆祝。

就像演员兼剧作家梅·韦斯特所言："人只能活一次，但假如活得精彩，那么一次也就够了。"

终点取决于一个瞬间

二十世纪末的德国邪典（cult）电影《罗拉快跑》就瞬间的重要性进行了探讨。

由法兰卡·波坦特饰演的女主角为了拯救把装有十万马克的钱袋忘在了地铁里的男友，需要在二十分钟内筹集到十万马克，否则男友将会被老大杀死。影片从此发展出三种可能性，每一种可能性之间有着细微的差别：

在第一种可能性中，当罗拉下楼时有一条狗冲着她吠。狗叫声让她跑得更快，从而直接造成了一场车祸——车祸中受伤的男人是罗拉父亲在银行工作的同事，她正准备去银行找父亲借钱。

在第二场赛跑中，狗的主人把罗拉绊倒了，她从楼梯上摔了下去。因此，她奔跑的速度慢了下来，从而完全改变了她在前往银行的路上的遭遇。

在第三场赛跑中，罗拉从狗的身上跳了过去，与前两次来到街上的时间相差了几分之一秒。这微妙的差异让后来发生的事与前两次迥然不同。

电影除了对三种不同的可能性进行演绎，同时也想要表达每一个瞬间都是独一无二的，每一个不同的瞬间都会展开并造成一系列完全不同的后果。这个被称作"蝴蝶效应"的机制是"混沌理论"的一部分，其定义为"对初始条件的非线性依赖"。

"蝴蝶效应"

正如我们在介绍电影时提到的，这个现象被形容为："蝴蝶在香港扇动翅膀，可能会在纽约掀起风暴。"也可以用另一句话来描述：即使再微小的改变，也会因放大的过程而造成完全不同的结局。

由于发生在我们身上的事会影响他人，再影响到其他人，因此，最初的变化会将一切都改变。这一现象以及蝴蝶的形象最早是由美国数学家兼气象学家爱德华·诺顿·罗伦兹提出的，他说，在两个完全相同的世界，假如它们唯一的区别是在其中一个世界里有一只蝴蝶在扇动翅膀，那么那个世界则会与另一个没有蝴蝶的世界完全不同。在蝴蝶扇动翅膀的世界里，一系列因果的串联（它们在最初显得微不足道）可能最终会在遥远的地方造成一场龙卷风暴。

一九六〇年，罗伦兹在使用计算机程序预测天气时发现了这一现象。为了节约打印机的空间，精确度只到小数点后三位（某一次收集到的数据为 0.506127，但打印的数据却是 0.506）。

当他将这个小数点后三位的数字输入计算机，预测出的未来两个月的天气与之前使用小数点后六位的数字计算的结果迥然不同。

这让罗伦兹意识到，即便是再细微的偏差，也会对最终结果起到决定性的作用。这一现象后来被称为"蝴蝶效应"。

除了天气预测以及像罗拉及其男友那样的特殊情况以外，以下是一些蝴蝶效应在日常生活中的体现：

- 在雪上跳一下可能会造成雪崩，一个烟头可能会引起火灾，将土地烧毁，彻底改变居民的生活。
- 假如你的父亲或母亲没有在恰当的时候说出那句恰当的话，那么也许他们之间就不会产生爱情，那么此刻在阅读这本书的你也就不会存在了。

- 如果在某个奖学金或工作机会的面前，你不是心想着"肯定不会给我"，而是付诸行动去争取，那么你的生活也许会彻底不一样。
- 是否下决心将脑海中出现的某个点子付诸实践可能会决定我们究竟会创建一家大公司，还是一事无成。

蝴蝶效应告诉我们，尽管我们永远不会得知自身行为和决定的最终结果，但每一个时刻都非常关键。这一点将我们带回"一期一会"与未来的关系：你在此刻的行为将造成的后果与你在另一时刻的行为将造成的后果完全不同。

"Amor fati"（命运之爱）

这个词是拉丁语，可以译为"命运之爱"，形容一种人生态度：人生中发生的一切事情都是好的，尽管在最初的时候看起来并非如此。

乔布斯曾说，人们应当在后来"把那些点连起来"，才能理解生命中许多事情的真正含义。所谓的"人生中发生的一切事情都是好的"包含了一种不言而喻的对命运的信任，这其中也牵涉到偶然的概念，我们将在下文中详述。

然而，这并不意味着我们应该将自己交付给吸引力法则，等待事情的发生。正如叔本华所言，对于偶然带给我们的东西，应该积极把握，对命运发到我们手中的牌做出恰当的决定。

关于"amor fati"，与叔本华同时代的另一位哲学家尼采就欣赏每一个时刻的独特性说过这样的话：学会观看事物的美好一面能让事物变得美好起来。

"amor fati"教我们接受生命中发生的一切事情；即使是最糟糕的事，也有它发生的目的。然而，是否积极地对待命运摆在我们面前的每一个时刻，对所发生的事做出什么样的决定，则完全取决于我们自身。

《阿甘正传》之"一期一会"

有趣的是,当电影《阿甘正传》于一九九五年在日本上映时,片名的副标题为"一期一会",并且在阿甘的前面加上了汤姆·汉克斯的名字。因此,该片的日语名字叫作《汤姆·汉克斯是阿甘,一期一会》。

这样的译名想要强调影片中的主人公在世界各地与其他人偶然相遇,但他并没有白白浪费掉那些机会。他带着"amor fati"的态度,全心全意地投入到每一场相遇(尽管那些相遇看起来好像互无关系)的"当下":"一期一会"。正因如此,阿甘这个角色才会让我们感到如此真诚。

偶然的神秘行为

一九七一年,乔治·柯克洛夫特的小说《骰子人生》在全世界引起轰动,这本小说被BBC评为近五十年来影响力最大的五十本书之一。

他在该书的第一版中承认这是一部自传体小说，故事的主人公是精神分析医师卢克·莱恩哈特。他这样描述生活的百无聊赖："生活有如一片乏味的海洋，零星点缀着欢乐的岛屿，而一过三十岁，就再难看见陆地。"

他厌倦了帮助病人做决定的生活（而且很多决定后来都被证明是错误的），于是，他对自己提出了这样一个充满挑战性的问题：

"假如让偶然性来替我们做决定呢？"

他准备将那个想法付诸实践，就每个重要的情况写下可能的选项，用一对骰子来替自己做决定。

这个实验不仅影响了他的病人，同时也影响了莱恩哈特自己的生活，他变成了"随机的人"，并最终创建了"六面宗教"——骰子是那门宗教里的牧师。这部充满争议且政治不正确的小说想要传达这样的理念：当你把生活交付给偶然性，那么这个偶然性也会保护你，把你带到生活所需的地点和情形之中。

这本书后来被看作是一部幽默小说，骰子男人彻底的"amor fati"批判了人类对失去控制的恐惧。我们以为自己可以决定一切，为所有的决定负责任，然而事实上，生命中充满了偶然性，有时候一个意料之外的插曲可能会将我们在不自知的情况下带到真真正正的终点。

一项随机练习

我们并不需要像小说里的莱恩哈特医师那般疯狂，相反，我们只需要偶尔为生活添加一丝随机性，就能为娱乐休闲的时光注满惊喜，让它们成为独一无二、令人难忘的时刻。

假如生活中一点儿随机性也没有，那你的生活将一成不变。

为了摆脱生活的惯性，我们可以每个月进行一次随机练习。比如，在纸上写下六个选项（我们将情况简化为一个骰子），按骰子的随机结果行事。以下是两个例子：

1. 在书店里，手头有六本预选出来的没有读过且想读的书，我们将购买骰子决定的那一本。按照骰子男人的说法，那本被选出来的书里一定有什么我们需要了解的东西，可能是我们生命中的某个线索。
2. 在挑选餐厅时，我们也使用同样的方法，在六家从未去过的餐厅里做随机选择。如果想要进一步体验随机性，可以在点菜时用骰子来决定点什么菜——当然，得要提前排除那些绝对不会吃的菜肴。用这样的方式，我们就可以体验一顿彻底随机的晚餐。

我们也可以把同样的方法用在选择看哪部电影、周末去哪里旅行，或是任何一种休闲活动。在不会造成伤害或负面影响的情况下，每个月一次，将决定权交给偶然性，这是体验"一期一会"的另一种方式。

有意义的巧合

保罗·奥斯特于一九九二年出版《红色笔记本》一书,讲述了三个发生在他身上的真实故事。在这些故事中,偶然性或以巧合的方式,或以共时性的方式,发挥了重要的作用。

在其中一则故事里,这位住在布鲁克林的作家写道,三年前,他在信箱里发现了一封寄给某位住在西雅图的罗伯特·M.摩根的信件。信被退回给了寄件人……信封背面写着他的名字和地址。

作家十分肯定自己从未给任何一个叫作罗伯特·M.摩根的人寄过信,于是他撕开了信封。那是一封打印的信件,以保罗·奥斯特的口吻对摩根的一篇文章大肆称赞,那篇文章是写给大学生的关于奥斯特某部作品的书评。

真正的保罗·奥斯特在《红色笔记本》中对那封信如是评论:"信件的写法十分浮夸做作,充斥着对法国哲学家的引用,洋溢着虚荣和自满……是一封卑劣的信件,我永远也不会写出那样一封信,然而,信末却署着我的名字。"

一开始他觉得是巧合，但很快就意识到也许这件事还有更神秘的一面。或许是某个人假冒他的名义写信给一位住在西雅图的评论家（也许是同一个人），但由于把收件人的地址写错了，这封信此刻回到了奥斯特手中。

那封信的伪造者是如何得知奥斯特的地址的？那个人让奥斯特得知自己的身份被冒用的企图何在？

这位《纽约三部曲》的作者永远都无法解开这个谜底，但他在这本关于巧合的书里承认自己一直都不敢扔掉那封每看一次都会让他不寒而栗的信。尽管如此，奥斯特还是把信保存在书桌上。对于这一行为，他是这样解释的："也许这封信是在提醒我，自己一无所知，永远都无法掌控我所居住的世界。"

尽管这则发生在保罗·奥斯特身上的轶事不只是关乎偶然性（其中含有某个隐秘的企图），但大多数人的生活中都存在着类似的具有某种意义的巧合。只不过很多时候我们都没有留心罢了。

共时性：当下时刻的信息

共时性是卡尔·荣格提出的诸多概念中的一个。共时性是指在没有因果关系的情况下同时发生的两个或多个事件之间看似有意义的关联。

就好像偶然性有时候为了不让我们忽略掉某件事而故意捉弄我们一样，以下是日常生活中的一些共时性的例子：

- 当我们脑海中出现某支乐曲的时候，坐在对面的人也正好开始哼唱。
- 当我们正想起某个很久没联系的人时，那个人的电话就进来了。

我们没有办法不将这两个偶然事件联系起来，它们仿佛是为了引起我们的注意而同时发生的。

按照荣格的说法，共时性的发生可能恰恰是为了提醒我们某个可能被我们忽视的人或细节的重要性，他引用了一位病人的例子：

"那个年轻的姑娘在治疗过程中梦见有人送了她一只金龟子。在她描述那个梦的同时，我背对着紧闭的窗户坐着。突然之间,我听见一阵声响,仿佛有什么东西在轻轻敲打玻璃。我转过身,看见一只昆虫正挥动着翅膀往窗户上飞。我打开窗户,抓住了它的翅膀。那是一只金花金龟(叶甲虫科),或是玫瑰金龟子,是在我们居住的纬度最接近金龟子的昆虫。它一反常态地恰好在那一刻想要飞进黑暗的房间。"

这个共时性事件让荣格意识到,那个梦对于女孩的治疗非常重要,其中一定包含了某个关键秘钥,急需被解开。

有意识的魔法工具

有些人会经历许多有意义的巧合,而另一些人则仿佛与这种巧合绝缘。这是为什么呢?

从根本上而言,这取决于注意力。当我们发现了一个共时性事件,我们就会对这类细节更加敏感、更加关注,因此也就会察觉到更多的共时性事件。

这些由偶然性传达给我们的微妙信息是一种有意

识的魔力工具，我们可以用以下这几种方式强化它：

- **更加留意周遭的事物**：会面、谈话、课程、电影……共时性常常隐藏在日常生活的细节中，因此需要好奇心和观察力来发现它。
- **写日记**。记录下每天的经历能让我们更清晰地意识到现实的细节，从而锻炼我们发现偶然性传达的微妙信息的能力。精神科医生斯坦尼斯拉夫·格罗夫认为，在发现共时性时，我们可以把它理解为一个梦。
- **与有创意的人聊天**。荣格指出，共时性更频繁地出现在那些正在成长或创作的人的身上。常与这样的人在一起有益于我们调整自身的天线，因为他们可以帮助我们发现被我们忽视的事物。
- **练习冥想**。这可以帮助我们更容易地捕捉到共时性，因为冥想将我们固定在当下，而共时性恰恰也发生在当下，从而增大我们意识的接收范围。

荣格发现，危机或发生转变的时刻是孕育共时性的好时机，因为在那种情况下，我们会更加留意命运的征兆。这样看来，当我们在经历许多这般的特殊时刻时，也就意味着生命在不断给予我们线索，让我们找到正确的道路。

第二部分
感受"一期一会"

注意力的仪式

日本茶叙的仪式被称为"茶道",字面意思为"茶之道",但它远不止于一道复杂的饮茶仪式。

这是一种培养五种感官的仪式,我们将在接下来的五个章节以下面这种方式来探讨这一点:

- **味觉**。茶道中饮用的是最上乘的茶,绝不会让品茶者的味觉失望。通常只会饮一杯非常清纯的茶,而茶的余味则会久久留在参与者的回忆里。
- **嗅觉**。茶所散发的强烈的芳香,以及茶道中搭配食用的甜点的香味也都十分重要。假如茶道是在传统的茶室里进行,那么还要加上木头、花园里湿润的泥土、树木等的气味。
- **视觉**。茶道所使用的器具虽然简单,却带有一种独特的美。在传统的茶道中,人们也常会坐在一起,欣赏并赞美茶器。此外,在整个仪式中,茶道师傅将用轻缓柔和的动作表演一场优美的舞蹈,也是视觉的极大享受。
- **触觉**。在饮茶之前,用双手捧起温热的茶杯,这一动作将激活我们的触觉，象征着茶道有益于家的宁静。
- **听觉**。除了微风吹动树叶的声响（假如窗外有绿树的话），在现代茶道中人们也会进行谈话（我们将在后面看到，这种谈话须遵守某种礼节），并且全神贯注地倾听。我们将在下一章讨论这门重要的艺术。

由此可以看到，茶道是对五种感官的召唤，它将我们固定在当下。因此，这种仪式远不止于饮茶而已。

让我们先暂停一下时间，时光穿梭到过去，来看看这一精致的艺术是如何形成的。

"乐烧"和"金缮"

在十六世纪，千利休大师不仅革新了进行茶道的茶室的设计，将它缩小到只容下两个榻榻米，他还对仪式所使用的茶道器具了如指掌。当时的茶具几乎都是从中国进口而来的。

由于对茶具的了解，千利休决定创造一种独特的茶碗，称之为"乐烧"。在朋友长次郎的帮助下，他们制造出一种全新的碗，比中国进口的碗简单得多，茶碗的美即在它的简单之中。

无论是千利休设计的茶室，还是他创造的乐烧碗，都已成为今天日本审美的基准。

另一种重要的审美也起源于同一时代，它对人类的灵魂有着深远的意义："金缮"。这种日本艺术也被称作"金繕い"，是用混合了金粉的漆来修复陶瓷。

> "金缮"在日语中写作金継ぎ
> ——金：黄金
> ——継ぎ：修缮，修复

修缮陶器的艺术在中国早已存在，正如我们在张艺谋田园诗式的电影《我的父亲母亲》中所看到的。电影讲述了一位单纯的乡村女孩与一名从城里派来的青年教师之间的浪漫爱情。

女孩没有别的方式来表达爱意，每天用瓷碗送饭给心上人,直到某天,瓷碗摔碎了。女孩因失去了这个承载着许多情感的器皿而难过,于是找到一位锯碗(那是一门几乎已失传的祖传技术)匠。锯碗匠对陶瓷穿孔、锯钉,修复了那只象征着爱情的碗。

日本文化通常以修复中国的传统(有时候将之复杂化)为特色,在修复陶器方面也不例外。

相传在五百多年前,足利义政将军心爱的两只碗被打碎了,他把它们寄往中国。这两只碗被还回来时,像电影里锯碗匠的方法一样,用锯钉补了起来,最开始的时候,将军并不喜欢它们粗糙的模样。

随着时间的流逝,义政将军意识到那两只在中国修复的碗拥有其他碗不具备的个性。它们获得了灵魂,但他依然无法欣赏那种美,于是请日本工匠用最贵重的材料填补裂缝。

"金缮"就是这样诞生的,它用金色的线条填补裂缝,为瓷器赋予一种崭新的美学。

据说,义政将军十分喜欢那种美学,因此他让工匠故意打碎一些瓷器,甚至包括一些极具价值的器皿,目的是为了让它们拥有同样的风格。

"金缮"的哲学

这个传统是一个彻彻底底的侘寂的例子,它告诫我们,不完美即是美。我们也可以将金缮看作是人生的隐喻,我们将在一生中不断积累伤口和损失。

让情感的伤口永远敞开,就像未被修复的破碎的茶杯一样,是必须经历的痛苦。然而,我们可以用在每一次不幸和失败中学到的价值来实现自我恢复。伤疤就像金缮上的金色线条一样,将我们的历史展现在人们的眼前。

人心和精致的瓷器一样,都可能会受伤,但用羞愧来掩饰并不是解决办法。伤口是我们自身历史的一部分,是它们造成了今天的我们。仅仅出自这个原因,伤口就值得拥有黄金的光芒,这道金光将成为我们自身的光芒。

菲尔·利宾的宝藏

菲尔·利宾是 Evernote 公司和 All Turtles 公司的的创始人。他不仅是硅谷伟大的创新者,同时也是日

本文化的追捧者。菲尔常常去东京，是科技会议中的熟面孔。他也是《星球大战》的粉丝，自从成立 Evernote 以来，他在七年时间里一直在办公室使用《帝国反击战》的马克杯。

然而，某一天杯子掉在了地上，摔成了十几片碎片。"我把碎片扫起来，装进塑料袋里，但我太难过了，根本不舍得把袋子扔掉。"菲尔·利宾坦承道。

当得知杯子可以通过金缮得以修复时，他将所有的碎片一并带到福岛，交给一位名叫井上俊介的匠人。杯子在他的手中获得了重生。

这只伴随了菲尔·利宾多年的杯子再次陪伴他开始新的旅程，但这一次是以一种崭新的面貌，就像在照片中看到的，金色的线条与黑色的达斯·维德形成了鲜明的对比。

马克杯的主人声称他更喜欢修复后的杯子。用他的原话来说："它不只是一只被修复的杯子。漆金的裂缝让它得以升华。"

金缮是对侘寂最纯粹的诠释，它并非将瑕疵遮掩起来，恰恰相反：它让瑕疵光芒四射，赋予物品全新的个性。

遇到问题和麻烦标志着我们还活着，况且，让我们在生命中成长的并不是和平时期，而是困难以及我们面对困难的态度。

裂口的瓦罐

有一则印度故事，讲述了裂缝的美及其用途，正是由于裂缝，才会造就我们生命中最清新、最充满创意的一部分。

故事的主角是一位印度挑水工，他有两个大瓦罐，用一根棍子支撑着挑水。其中一个水罐有几条裂缝，而另一个则完好无损。挑水时，完好的水罐总能把水满满送到主人家里，而那个有裂缝的水罐在抵达时只剩下半罐水。

就这样过了好几年。完好无损的水罐为自己完美达成使命而自豪不已。与之相比,由于只能完成一半的职责,带有裂缝的水罐为自身的裂缝深感惭愧。

后者十分难过,某一天,它对挑水工说:

"我要向你道歉,我真是惭愧,由于我的裂缝你每次只能挑一半的水,从而只能获得一半的工资。"

挑水工充满怜悯地回答道:

"当我们回家时,请你仔细看看道路旁长出的美丽的鲜花吧。"

于是水罐注意到,整条道路旁都长满了许多美丽的花朵。尽管如此,水罐依然很难过,因为终归到底,它也只挑了半罐水到终点。

"你意识到只有你那边开着花吗?"挑水工指出,"我很早就知道你有裂缝,但我发现了裂缝的优点:我在路边撒了种子,这样一来,你在毫无意识的情况下每天都在为花儿浇水。正因如此,现在我才有这么多鲜花。假如你没有裂缝,那么我此刻一定还继续在沙漠里挑水。"

"侘茶"

让我们回到在本章开头提到的千利休，他发明了"侘"这个词，并与武野绍鸥及村田珠光一起开创了"侘茶"。

我们在前文提到，是千利休的一位弟子最早提出了"一期一会"这个概念，他在个人笔记中写下了这个词。

了解侘茶的精髓能帮助我们更好地理解为什么"一期一会"来源于茶道这项仪式。

侘茶与其他形式的茶道的主要区别在于侘茶对简单性的强调。

在室町时代（一三三六年至一五七三年），茶道在日本全国广泛传播，茶道使用的是从中国进口的设计繁复的茶具。侘茶的出现正是对那种刻意繁复之势的反抗，提倡使用在日本手工生产的设计非常简洁的茶具。

除了使用极简主义的茶具，侘茶在简化茶道进行的场所方面也十分极端化。

千利休设计的茶室刚好只容得下两个人。一间由这位大师设计的茶室至今依然完整地保存了下来。这

间国宝级的茶室位于京都南面的山崎车站旁,名叫"待庵"。从那时候起,人们就按照"待庵"的结构来设计进行侘茶仪式的茶室:

- 室内只有两个榻榻米,以及墙角一处用来烧茶水的空间。要知道,在那之前,最小的茶室都有四个半榻榻米那么大。
- 茶室内设有一个凹间,即内凹的一个小空间,那里挂着写着诗句的羊皮纸,其内容可能是与"一期一会"相关的铭文。事实上,任何一种

根据千利休的标准设计的茶室示意图,客人和茶道师傅每人坐在一个榻榻米上。

茶室里都有这样的空间。
- 一个用来放茶壶的极小的空间。茶壶在石炉上加热（在现代，人们用炉灶加热）。

进行侘茶的极简主义空间为我们的感官创造出一个独一无二的宇宙，在那里，我们很难逃往过去或未来。由于茶室里除了对面那个人、两个榻榻米和一道铭文以外再无他物，因此，我们"被迫"将注意力聚集在当下。

千利休之所以如此设计茶室，是为了让人们以最直接、最真诚的方式进行侘茶，而不会分心。同时，这位充满传奇色彩的茶道大师也认为侘茶是一种最诚实的了解自我的方式。

颜色经济

在日本，当某种颜色成为主角时，人们会避免其他色彩可能会对它造成的干扰。比如，由于森林里的主要色彩为绿色和褐色，佛教寺庙也像变色龙一样伪装起来，使用木头和其他自然色调，并非想要在森林里引人注目，而是想成为森林的一部分。

而在寺庙建筑的内部则破例地可以使用更多的色调，比如金色，其目的是为了让人们感受到进入了一个不同的宇宙或空间里。

颜色经济也存在于设有榻榻米、进行茶道的茶室里。墙壁的色调与榻榻米相似。这样设计是为了不让注意力被混杂的颜色分散。

当茶被端上来时，绿色即会在其他色彩中脱颖而出。

创造你自己的茶道

由于我们（本书作者）与日本的密切关联，我们能够有机会在不同的茶室享受茶道。在我们从京都的茶室开启这本书的冒险后，我们又在东京的一间现代茶室结束了创作。那是一间静谧且和谐的一保堂

（Ippodo）连锁茶室。

一位女服务员轻缓地端来我们每个人点的茶，在视线（和嗅觉）中是一个小碗，茶壶旁放着茶碗和甜点。

在没有茶道师傅的情况下，我们自行进行茶道，让它成为一场难忘的经历。我们在成田特快（连接成田国际机场和东京市区的特快列车）门口分手，相互拥抱，用一句"一期一会"告别。

时代已经发生改变，并不一定要按照千利休那样进行严格的茶道。然而，假如是第一次游览日本，那么进行一次严格意义上的茶道亦是十分美妙的体验。

在今天，茶道可以在任何地方进行：可以在公共茶室，参与者坐在桌边；或者也可以与朋友在家里的客厅进行。最关键的一点是，当我们饮茶时，需要让时间停滞，把一切日常焦虑、批评和抱怨都抛在一边。

参与茶道的人必须全心全意地抱着"一期一会"的态度；也就是说，要能够意识到与其他人一起度过的饮茶时光是非常特别的，是无法复制的。

以下是一些进行自由式茶道的礼仪规则：

- 场所需要安静，所以请不要在音乐强烈刺耳的酒吧或餐厅，也不要在受车辆噪声影响的空间进行茶道。

- 我们将用"一期一会"这个问候语来开始茶道，它会提醒我们，我们将共同经历一段无法复制的时光。
- 在仪式进行过程中，我们将为安静腾出空间，不要用任何无谓的谈话来"填充寂静"。
- 在谈话中，避免可能会引起争议、令人不适或焦虑的话题。茶桌上不应该有任何可能造成分歧的话题。
- 相反，我们应当谈论一些让参与者感到舒适开心的话题：评论茶道的场所，茶的质量，茶壶的美；分享我们在艺术或文化方面的新发现；推荐旅行、餐厅、公园……简而言之，即是聊一些让我们产生愉悦感的话题。
- 聆听能让每个人都感到自己是仪式的一部分；因此，请避免打断或转移他人的谈话，不要在心里只想着自己的问题，或想着要怎么做出回答。
- 在茶道结束时，我们对彼此说"一期一会"，提醒我们刚刚经历了一场独一无二的体验,这场体验将不会再次发生,因此,它值得被我们铭记在心里。

一杯与自己共饮的茶

尽管茶道最初是为至少两个人的参与而设计的(传统的茶道包括茶道师傅和客人),但定期"与自己共饮一杯茶"是一件非常美妙的事。来自乌拉圭的医生瓦尔特·德雷塞尔也是这么推荐的。

我们生活在外在责任和义务的束缚之中,要是能每周进行一次与自己的约会,将为灵魂带来极大的慰藉。

可以在每周固定某一天的某一个时间,把它预留在日程表中,选择在能让你获得灵感的咖啡厅或茶室进行这场约会。在点了茶以后,就可以把这段时间赠予自己,用来思考,可以在本子上做笔记,也可以只是安宁地呼吸,用五官来感受这个世界。

倾听的艺术

很难找到真正懂得倾听的人，因为在谈话者与我们的听觉之间存在着各种各样的滤器和障碍：

- 我们对谈话者的看法。
- 对谈话内容的各种偏见和看法。
- 准备谈话者说完以后我们要说的话。

以上这些障碍即使不导致我们直接打断对方的谈话，也会让倾听变得非常肤浅。

想要与其他人一起体验"一期一会"，就必须练习倾听的艺术，这种天资是大自然早在我们出生前几个月就已赋予了我们的。

还未出生就开始聆听

刚出生的婴儿就已发展了这个感官。不仅如此，事实上，胎儿在孕中期就能够听见母亲的脉动以及其他产生于母体内的声音。它能在子宫内感受到消化及其他发生在它的第一个家里的声音。

从孕期的第六个月起，胎儿就可以听见源自母体之外的声音，因此，许多父母提到胎儿会对他们说的话产生在肚子里踢腿、移动等激动的反应也就并非是天方夜谭了。

此外，人们也发现胎儿在出生前就对音乐十分敏感，也对家里的任何其他声音有所反应。

这种天生的注意力在出生后继续得以发展，但在成长的过程中，外界和内在的干扰会逐渐削弱我们察觉周遭事物的能力。

连接的或分离的

"在对方谈话的同时，我们会把大部分时间花在准备我们待会儿要说什么、评估谈话者、试图表现自己或以某种方式控制局面上。然而，纯粹的聆听则是要撇开控制。要做到这一点并不容易，需要练习。

> 总结来说：当他人聆听我们时，我们感到与他人建立了连接。相反，当他人并没有聆听我们时，我们感到与对方分离开来。"
>
> 塔拉·布莱克《聆听的神圣艺术》

声音污染

在前文提到的个性化的茶道仪式中，我们不断强调选择一个安静的场所的重要性，那个场所不能受刺耳音乐的影响，因为噪声与我们的注意力之间存在着一种直接的关系，注意力会随压力骤减。

研究表明，假如在读书或写作时身旁有人在说话，我们的效率将会下降66%。

另一个极端的例子来自一项在伦敦地铁进行的实验，该实验表明，悦耳的声音能够降低犯罪率。因此，地铁决定在某个盗窃和抢劫特别严重的车站播放古典音乐。

据《独立报》报道，发起这一倡议的人惊讶地发现，该车站的盗窃事件下降了33%，而地铁里的抢劫则下降了25%。

同时，不受噪声污染的居民通常都具备非凡的听力，这一点也很有意思。森林里的居民、不使用机械劳作的农民、寺庙里的僧人都是最好的倾听者。

多项人类学研究表明，位于非洲的马班（Maban）部落的成员能够察觉从一百米外传来的微弱声响。

更好地倾听的诀窍

无论是在进行茶道或某项仪式时，或是为了更好地理解伴侣、家人、朋友或同事，以下这些方法都能够有助我们提高倾听的质量，也因此提高其他人倾听的质量：

- **为重要的谈话寻找恰当的场所**。说话声和电话铃声此起彼伏的办公室或高声播放着电视或音乐的客厅绝不是进行深入谈话的最佳场所。一场高质量的倾听首先需要避免所有可能的声音污染。

- **直视谈话者的双眼**。这个动作是在告诉对方，他/她对我们很重要，我们完完全全地置身于当下。然而，眼神也不要太过吓人。我们应该留意对方的口头用语，来辨别对方是否感到舒适（比如，身体之间的距离是否让对方感到舒适）。我们将通过这一重要的信息来作出调整。

- **把大脑里的干扰关掉**。正如我们在本章开始的时候提到的，我们自然而然地会在自身及谈话者之间放置许多过滤器。其中的关键即是不要作出判断。假如我们只去聆听对方谈话的内容，带着坐禅者的中立态度，我们将能够听见完整的信息，而谈话者也能感到自己受到了关注。要做到这一点，需要避免大脑走神，把注意力保持在当下。

- **在不打断对方的情况下提问**。千万不要打断正在说话的人，因为这样做会让谈话者感到受挫。对谈话者提出一些问题会让对方感到鼓舞，表现我们"继续在聆听"。提出的问题可以让谈话更加深入,也可以体现出我们并没有走神。想要提问题的时候,可以这样说:"你的意思是……"这种积极的聆听对谈话者而言是天大的馈赠。

- **如果对方没有询问,就不要主动给建议**。当他人在讲述某个麻烦的时候,我们也许情不自禁地会向对方提出建议。但很多时候对方所需要的不过是被倾听,而不是想要接受建议和指令。如果我们认为自己可以对眼前的情况提出实质性的建议,可以这样提出:"我可以给你一个建议吗?"或者间接地告诉对方我们的解决办法:"当然,你最清楚应该怎么做了,但假如我站在你的位置,我会……"

假如我们赋予谈话上面提到的这些尊重和关注,那么每一场谈话不仅会让我们的关系更亲近,而且也更可能成为终生难忘的会面。

观看的艺术

视觉是当代人类最发达的感官,然而,让人遗憾的是,我们把大多数时间都花在观看屏幕而并非直接观看事物上面。

尽管网络和社交媒体在时时刻刻地分散我们的注意力,但从这两者中获得的体验不可能令人难忘,个中缘由恰恰是因为它们提供的是即刻的、"用了就丢掉"的信息。此刻出现在屏幕中(我们也许还把它分享给了他人)的东西最多只能维持二十四小时,随后即会被我们遗忘掉。

要想体验"一期一会",我们需要恢复"用双眼来看生活"的能力。

看和看见

抵达我们大脑里的信息有 90% 都是视觉化的,但这并不意味着我们知道该怎么运用这一对大多数人而言最重要的感官。很多人"视而不见",并没有真正留意眼前的事物。

相传,罗纳德·里根在身体状况还不错的情况下,某次前往一所大学颁奖。这位美国总统因高情商而闻名,无论走到哪里,他都能够与人们打成一片。

然而,在那次活动中,他却没能认出站在身前一米处的儿子(他儿子是获奖者之一)。他太过专注于自己在聚光灯前扮演的角色,从而在那几秒的时间内没看见站在他面前的人是谁。

这就是视而不见,它在我们的日常生活中经常发生,远不止于走路时因一直看手机而撞到路人。

眼保健操

我们在这里要谈论的并不是让失明者恢复视力,而是隐喻意义上的眼保健操。下面提及的方法有助于我们"擦亮"眼睛,用双眼更好地捕捉这个世界的美丽：

- 由于城市里不仅有许多噪声污染，还有大量的刺激物，我们应该尽量每周去一次田野，恢复视力。就像我们在《森林浴》一书中推崇的，森林会带给我们令人沉醉的视觉体验。森林让我们的注意力集中在不同的树木和植物上、在生机盎然的鸟儿和昆虫上、在诸如"木漏日"（指阳光透过树枝形成的斑驳；大自然的抽象艺术）这般的迷人现象上，同时，森林也能让我们的视觉变得更清晰、更敏锐。

- 在从家到公司的路上，或者在出门办事的时候，不要再一直看着手机，把注意力放在城市里通常被你忽略的细节上面。留意路上的建筑、天空的颜色、飘过的云朵的形状。换句话说，用双眼来感受周围的世界，仿佛置身于一个巨大的画廊中一般。

- 在你与他人见面时，除了留意会面的地点，也需要留心谈话者的细节和动作，从中揣测对方的情绪和意图。他们的坐姿如何，是放松还是僵硬地坐在椅子上？他们的手上有什么动作？

眼神坚定还是游离？这样做能让我们获得一幅更深刻的画面（字面意义以及隐喻意义上的画面）：他们是谁，他们在此时此地的状态如何。

如何观看一幅画

关于如何欣赏艺术，二十世纪最重要的前卫艺术家之一瓦西里·康定斯基给出了如下建议："用耳朵来欣赏音乐，用眼睛来欣赏绘画……什么也别想！问问自己是否进入了一个陌生世界里'散步'。如果答案为'是'，那你还奢望什么呢？"

按照这一观点，博物馆是重新学习观看的艺术的理想之地。以下是在美术馆体验"一期一会"的关键点：

- 想要"看遍所有的作品"是人们有时候在博物馆犯下的错误，因为我们的注意力是有限的。在观看了五六十幅画以后，也许还看不了那么多，我们就会感到疲惫不堪。为了避免这种情况的发生，最好只挑选展出的一部分，或者只观看我们特别喜爱的某位画家的作品。

- 在观看过程中，我们将挑选三到五幅特别吸引我们的画作。假如在画作面前有地方可以坐下来（在一些名画前通常设有座位），那就更好了。
- 至少花五分钟来观看这些作品中的每一幅。在观看了整幅画以后，我们将注意力集中在细节上面，将自己完全沉浸于画布之中，仿佛我们也成了画作的一部分。
- 接着，我们可以提出这样一些问题：这幅画讲述的是什么故事？作者的灵感来自哪里？这幅画唤醒了我内心什么样的情感？画作中有什么可以与我的生活发生关联的吗？
- 假如是一幅抽象派绘画，那我们则需要集中在最后两个问题上。
- 在离开博物馆前，如果可以在商店购买一张那幅画的明信片，那么我们可以在之后用它来回忆当时站在画作面前所经历的"一期一会"。

触摸的艺术

诗人保罗·瓦雷里曾说"最深刻莫过于肌肤",因为很多时候唤起我们最激烈的情绪的是触觉。我们怎么会忘记第一次牵起喜欢的人的手的那一刻?更不要提初吻了……

有些"一期一会"时刻的巅峰出现在触觉上,那是常常被我们忽略掉的一种感官,但同时也是人类最基本的需求之一。

美国精神医学学会(APA)的研究表明,一个简单的拥抱就能降低体内皮质醇的含量。皮质醇被称为"压力荷尔蒙",如果持续分泌,可能会对健康造成毁灭性的影响。由迈阿密大学于二〇一〇年进行的另一项研究证实,拥抱能导致皮肤的接收器向脑神经发射一个降低血压的信号。

因此,触摸和拥抱甚至对预防某些可能会危害我们生命健康的疾病也大有益处。

人们通常认为,每天进行四次拥抱就足以为情绪和身体的健康带来好处,而国际关系专家安迪·斯托曼则指出,最好是每天拥抱八次,每次持续六秒钟。因为六秒钟是催产素("幸福荷尔蒙")抵达大脑所需的最短时间,唤醒体内的情感和信任。

触摸的益处

触摸除了能创造令人难忘的时刻,常常使用触觉还能带来以下益处:

1. **降低血压,让全身放松**。有助于减轻头痛,改善睡眠质量。这一点也解释了为什么在做爱后会睡得更好。
2. **可以传达语言无法表述的信任感和亲密感**。一场用再多的争吵都无法化解的冲突可能可以用一个真诚且长长的拥抱解决。
3. **提供获胜的动力**。《生而向善》一书的作者、心理学教授达契尔·克特纳指出,用拥抱或击掌等方式与队友庆祝的球队取得的成绩要比队友之间没有肢体互动的球队好得多。
4. **加固关系**。性学家发现,每天相互抚摸、爱抚的情侣比那些只在发生性关系时抚摸的情侣更具同感力,关系也更持久。
5. **改善情绪**。在经历了劳累的一天之后,一个美好的拥抱甚至一个放松的按摩都可以缓减一天中积累的负面情绪。

鲍赫斯·西吕尼克的发现

作为"心理韧性"这一概念的传播者,这位曾经历过纳粹恐怖的法国神经学家和精神科医师在半个世纪以来一直致力于研究情感对于人体平衡的重要性。

在齐奥塞斯库倒台后,西吕尼克对罗马尼亚孤儿院里的孤儿进行了研究,这些孤儿在生命最初的十个月里没有得到过爱抚。通过神经学研究,他发现那些孩子的额叶和扁桃体萎缩。

这位《丑小鸭》等书籍的作者认为,造成这种现象的原因是他们的看护者并没有给予他们感官的刺激,而仅仅给予他们食物以及最基本的医疗护理。

在年满五岁的孩子中，10%有严重的心理障碍，90%有自闭症偏向，所有这一切都是由于他们缺乏情感上的互动。

在那种情况下，孩子被送到寄养家庭，他们在那里受到了极大的关爱和细微的照顾。于是，奇迹发生了：仅仅过了一年的时间，几乎所有的孩子都康复了，他们的额叶恢复了生长。

唤醒触觉的方法

如果想要用五种感官来体验独一无二的时刻，那么就应该有规律地训练触觉这一常常被我们忽视的感官。以下是一些方法：

- 当用手抚摸某个物品时，比如抚摸粗糙的树干时，闭上眼睛，想象手上长出了耳朵和眼睛。
- 习惯在日常生活中用手抚摸事物。在买衣服时，试衣前先用手摸摸布料，感受它的质感。

- 出门在外时，留意气候的变化在你皮肤上的反应：感受寒冷或阳光的温度，湿润，微风……
- 在没有危险的地面（木头、草地或干净的地面），练习光脚走路，唤醒脚掌的敏感度。在脚掌感受你的体重，以及为了保持平衡而做出的动作。

象棋大师鲍比·菲舍尔被公认为高智商人士，他曾说过："没有什么比人的抚摸更能减缓痛苦的了。"然而，这一感官并不应该仅仅被用于安慰。就像孩子们手拉手形成一个圈，触觉亦可以成为我们生命庆典的一部分。

品味的艺术

随着美食在最近几十年的流行,我们的味觉被日渐唤醒,但这并不意味着我们无法更好地发展味觉来获得独一无二的体验。

近年来,黑暗餐厅(Dans le noir)在欧洲的兴起让人们惊讶不已,餐厅的理念十分独特且令人难忘:在完完全全的黑暗中进餐,由盲人服务员服侍。

这家餐厅于二〇〇四年在巴黎开业,是全球第一家黑暗餐厅连锁店。在那里,客人可以获得前所未有的体验:

- 试图猜出吃的是什么东西,这一点并不容易,因为在没有视觉参与的情况下,食物的口感和气味可能会让人混淆。
- 90%的食客无法分辨出饮用的是红葡萄酒、粉葡萄酒还是白葡萄酒。
- 在黑暗中进餐,也就意味着听觉是唯一能够用来辨认其他桌的食客的感官。因此,人们也就会像盲人那样,更加留意听觉。

一苹果，一宇宙

受这一新餐厅趋势的启发，下面这项练习能有助于我们将注意力完全集中。这一点也是越南禅师释一行向弟子们提出的要求：

"当你在啃苹果的时候，脑子里不应该有任何其他的念头——没有计划、没有要交付的工作、没有焦虑、没有待办的事项、没有恐惧、没有痛苦、没有愤怒、没有过去、没有未来。脑子里应该只有苹果。"

除非你不喜欢苹果（那么请换成另一种食物），否则可以进行下面这项正念（mindfulness）练习：

1. 把眼睛蒙起来，确保你什么也看不见。
2. 用手拿起苹果（事先清洗过），感受苹果的重量和坚硬，以及苹果皮的质感。
3. 接着，把苹果拿到鼻子前，宁静地感受它的芳香。这一点还能让你更好地享受苹果的味道，因为味觉和嗅觉是相辅相成的。
4. 咬下第一口。在咀嚼之前，把咬下的苹果放在舌头上面（感受唾液的分泌），接着再把它放到舌头下面。

5. 然后，咀嚼咬下的这一小块苹果，把它当作整个宇宙唯一的存在来品味。

心情和味道

丹多和诺埃尔博士在二〇一五年对一群曲棍球球迷进行了研究，证明了心情会如何影响味觉。

当球迷支持的球队赢球时，他们会享受之前不喜欢的味道。与之相反，当球队失利时，研究者通过调查问卷发现，甜味会在球迷的口中变得乏味，而苦味则会变得更让人难以忍受。

因此，好的心情（令人愉悦的陪伴可以有助于好心情）是享受食物的决定性因素。

鲜味：第五种味道

味觉对于早期人类的生存有着十分重要的作用，因为它能让我们了解之前从未品尝过的食物的特征。

于是，甜味的食物意味着能够提供能量。咸味的食物含有身体所需的盐。苦味和酸味则提醒我们正在服用的食物可能有危险。

第五种味道是鲜味，它尤其受日本人的偏爱，通常存在于含有较多氨基酸的食物中。

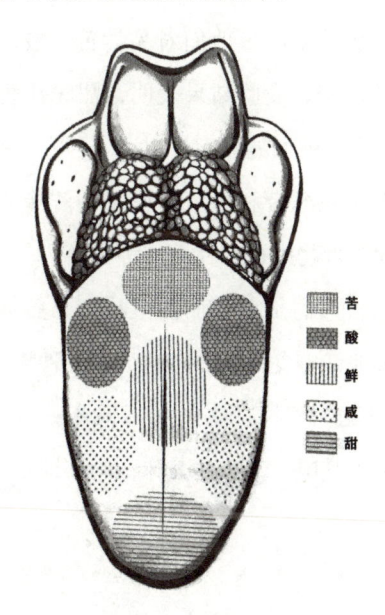

在十九世纪末期，人们还未能辨别出鲜味的来源。这种味道在食用发酵的食物时出现，比如奶酪，不太咸的腌制火腿，或者既不甜也不酸的熟透了的西红柿。

在上幅图中，我们可以看到舌头品尝不同味道的部位。

关于鲜味还有一个有意思的事实，母奶（尤其是人奶）中含有大量的谷氨酸盐，谷氨酸盐是诸如海带等食物中非常重要的氨基酸。

在一项对日本婴儿进行的实验中，研究人员根据婴儿的面部表情来测量他们对品尝苦、酸、甜和鲜四种味道后的反应。实验结果表明，甜味让婴儿感到愉悦，而鲜味则让他们的脸上产生了一种安宁的表情。

日本人是在海带和鲣鱼干里发现鲜味的，但在味增汤和酱油等食物中也存在着这种味道。

在美国，人们是在番茄酱里找到了鲜味的，但全世界还有其他许多食物中含有这"第五种味道"。

当我们发现某种食物的味道既不是甜、不是酸、不是苦，也不是咸，却非常美味……那即是鲜味的！

嗅闻的艺术

我们对嗅觉了解甚少的证据之一是人类可以辨别出超过一万种不同的气味,但大多数人最多只能用十多个形容词来描述气味。

这个神秘莫测的感官十分特别,因为它的对象是看不见的:嗅觉是与回忆关系最亲密的感官。

这样的情况一定曾在你身上发生过:当你走进某个场所,突然闻到一阵熟悉的气味。可能是一种香水、一种空气清新剂、木头的味道或别的气味,但那种气味会让你停下脚步。那种熟悉的气味将你带回到过去的时光,也许是某个具体的场景、某个驻留在回忆里的时刻,在此刻突然被唤醒了。

马塞尔·普鲁斯特在他伟大的作品《追忆似水年华》中描述了由一块在茶水里泡软的玛德琳蛋糕激起的顿悟的一刻:"那情形好比恋爱发生的作用,它以一种可贵的精神充实了我。也许,这感觉并非来自外界,它本来就是我自己。我不再感到平庸、猥琐、凡俗。这股强烈的快感是从哪里涌出来的?"

时间机器

我们并没能发明出威尔斯在其著名的科幻小说中描述的时间机器,但我们拥有一种比那种机器更简单、更即刻的工具:嗅觉。

嗅觉拥有其他感官所不具备的带领我们时光旅行的本领,唤醒那些"一期一会"的时刻,因为气味能打开关乎记忆和情感的海马体和扁桃体。

嗅觉的另一个特点是它与味觉关系紧密,这一点我们在上一章节已经提到过。正因如此,失去了嗅觉的人同时也会失去区别不同味道的能力,从而再也无法享受食物。

回到时光旅行这一点,嗅觉营销公司 Déjà Vu Brands 的总监吉列尔莫·贝托洛指出:"人类能够记住所看见的内容的 3%,所听见的东西的 5%,所闻见的气味的 35%。"

这个数字很难得以证实,但嗅觉显然是记忆力最强的感官。雨后湿润的土地,或游泳池的氯味,都能带我们回到遥远的过去。

然而,灵敏的鼻子的作用远不止于回忆和辨别味道。

气味的日记

为了强化这一如此敏锐的感官,一个非常实际的办法是记录关于气味的日记。每当一种气味带我们回到某个时刻或某个地点时,我们就将它记录下来。随着时间的流逝,我们将会有一本"旅行指南",只需闭上双眼、闻闻笔记本上记录的气味,就能开启旅程。

嗅觉的药品箱

亚洲的寺庙用香将游客带往"另一个地方",我们也可以复制这种方法,在家里使用香薰或带香味的蜡烛来调谐频率,进入另一个世界,或我们的意识状态。

芳香疗法的起源可以追溯到几千年前,在中国、印度和埃及,人们用这种疗法来预防和治疗疾病,其中也包括灵魂的疾病。

以下是最常见的三种精油的特性：

- **减缓压力的松木**。在京都大学进行的一项实验中，四百九十八名志愿者在松木林里散步了两次，每次十五分钟。在散步结束后，之前感到愤怒、紧张或难过的人情绪大为好转。事实上，压力最大的人在散步后感到的好转程度最高。即使无法置身于森林，松木精油的芬芳也可以帮助我们找回精神上的安宁。
- **帮助睡眠的薰衣草**。大量的研究证明，这种紫色的植物是治愈失眠的灵丹妙药。这是因为薰衣草中含有丹宁、黄酮及其他天然成分，有助于缓减焦虑，放松肌肉，从而帮助睡眠。
- **有助于集中注意力的薄荷**。自古以来，人们就使用薄荷来提神醒脑，在美国，许多大学生也在学习时用它来提高注意力。此外，薄荷也可以在经历了疲惫的一天后帮助我们恢复体力，人们常常在浴缸中滴几滴薄荷。

日本连锁商店无印良品（Muji）在全球许多国家都设有分店，在那里可以找到各种精油，以及带香味的蜡烛、香薰,甚至用于香薰机的精油。

在商店出售的精油里,有一些非常罕见的气味,比如燃烧的树枝,它的气味出人意料地十分逼真。

既然嗅觉与记忆息息相关,如果想要让当下的时刻变成未来的美好回忆,那么就在仪式中加入某种不一样的芳香,让这一刻变得难忘。

挂在塔尖上的月亮

日本最有名的香水品牌是三宅一生,乔布斯曾邀请这位设计师为他定做著名的黑色高领衫。

三宅一生在一九九二年发布首款香水"一生之水"。这款香水瓶身优雅,瓶盖呈球形,其灵感来自设计师从位于巴黎的公寓看见的景色:某个夜晚,一轮满月恰好挂在埃菲尔铁塔的塔尖。

三宅一生于一九三八年出生在广岛,当原子弹在广岛爆炸时他才七岁,他后来一生都对此事闭口不提。尽管如此,他承认自己每每闭上眼睛都会再次看见

"那谁也不应该经历过的场景",那场原子弹爆炸导致他的母亲在三年后因辐射而去世。

然而,他之所以投身于时尚界,也与那场恐怖的经历有关,他这样说道:"我们每一个人都渴望美,渴望未知的、神秘的事物……正因如此,与破坏相比,我更愿意把精力放在创造物品上,带给人们美丽和幸福。"

第三部分
"一期一会"的小学堂

聚会的艺术

"一期一会"起源于我们之前花了很多篇幅介绍的茶道:一个具有清晰明了的仪式和目的的聚会。然而,创造让心灵沉淀的仪式并非东方世界的专属。尽管方式不同,在欧洲也有一些不同领域中的真正的"茶道大师"。

埃蒂尼·德·博蒙特便是其中之一。这位伯爵同时也是艺术资助者、装饰家、时装设计师和歌剧作者,虽然他在法国以外的名气不大,但他在两次世界大战之间所举办的那些令人难忘的聚会却叫人叹为观止。

一九一八年,他在巴黎召集了一个美国黑人乐队,举办了一场盛大的爵士音乐会。他还常常组织主题舞会,以"大海"、"名画"等主题作为宾客的灵感。同时,他还推动了"巴黎的夜晚"的举办,据悉,诸如让·谷克多、毕加索和埃里克·萨蒂等艺术家都曾参加过这一融合了歌舞、诗歌、芭蕾和戏剧的聚会。

他举办的最后一场聚会是一九四九年的"国王与王后的舞会",克里斯汀·迪奥在舞会中装扮成动物之王——狮子。

埃蒂尼·德·博蒙特从未举办过两场一模一样的聚会,毫无疑问,他知道如何在聚会中创造"一期一会"。参加聚会的人也都明白那是一次独一无二的机会。博蒙特精通"聚会的艺术"(如同 Japan 乐队的同名歌曲),知晓如何让聚会从各个方面都充满不可预知性。

事实上,他曾说过这样一句话:"说到底,聚会是为那些没有受到邀请的人举办的。"

对失败进行 X 光扫描

许多人都认为,如果没有关系亲密的朋友在场,大多数聚会都很无聊。

我们曾参加过一场私人聚会,桌上摆满了令人馋涎欲滴的食物、各种各样的饮品、精美的装饰、蜡烛、音乐……

在音响旁边,有一个人在独自跳着舞,那让我们感到一阵奇怪的悲伤感。其他人都坐在沙发或椅子上，脸上的表情各异，从害羞、疲惫，到厌恶。大多数宾客都互不认识，我们很晚才抵达聚会，于是，所有的"热场话题"好像都已经被耗光。

是哪里出了问题？从表面上来看，组织者为了让宾客玩得尽兴做出了充分的准备：美味的食物和饮品，舒适且装饰精美的场所，轻柔的音乐，国际化的氛围……

然而，这场聚会却缺少了一个关键的配料（埃蒂尼·德·博蒙特绝不会如此疏忽）：一个主题。组织者没有准备一个能让聚会变得难忘的主题或惊喜。

"一期一会"聚会的关键

就像一部只有一系列事件的发生而没有主题的小说或电影会让人感到无聊一样，一场独一无二的聚会也必须基于某个独特的东西，它可以是聚会的缘由或者是焦点。

当一群角色扮演的成员或别的爱好者聚在一起时，聚会很快就会找到一个"动机"——发生的意义。即使是一群聚在一起看足球比赛的朋友，也有既定的仪式，因此即使在球队失利的情况下，他们也会度过一段美好的时光。

在一场没有具体目的（比如上文提到的观看足球比赛）的聚会中，假如参与者相互之间没有多少互动，那么聚会很快就会变得无聊，让人疲惫不堪。

然而，如果组织聚会的人能像茶道大师悉心准备每个细节那样，找到一个聚会的主题，为了让宾客玩得尽兴而把仪式安排得当，那么一切就都会不一样了。

假如要举办一场"一期一会"的活动，那么我们需要对自己提出这个问题：

"这场活动会因为什么而被人记住？"

这个问题的答案即是聚会的"动机"。以下是几个拥有"主导动机"的聚会的例子：

- 一场在聚会当中举行的音乐会，可以由主人演奏，也可以邀请音乐家前来。它能为宾客制造某种期待，让那些害羞的或疲惫得不想说话的人把注意力集中在音乐会上面。

- 播放一段关于某个地方或国家的简短纪录片，聚会的食物即是来自那个地方或国家的风味。它会赋予聚会一个主题，让宾客玩得开心，在之后提起那场聚会时他们会说："你记得在XX家的那场韩国之夜吗？"这个简单的方法可以赋予餐桌上的食物灵魂和意义，和茶道所呈现的一模一样。

- 一个每位宾客都需要参与的使命。比如，在新年聚会中可以要求每位宾客带来一个新年的愿望，这样人们就可以获得他人的鼓舞，以及关于如何实现愿望的建议。

- 一项能让宾客相互了解的集体游戏。譬如，让每位宾客带来一件有意义的物品，在晚餐或聚会的当中，每个人依次讲述这件物品为什么如此特别：它能唤醒什么样的回忆和情感，它包含着什么样的信息。这样的游戏能让那个夜晚充满魔力，变成一场真真正正的聚会，在参与者的脑海里留下清晰的回忆。

"主导动机"的关键是要能够打动人。也就是说，要能够打动其他参与者的内心。

这也就意味着：

- 要了解参与者的情感（同时也是为了避免可能会为他人带来伤害的话题）。
- 寻找一个让所有人都感到愉快的共同话题，不将任何人排斥在外。要达到这一目的，只需要提出这个问题："是什么让我们聚在一起？"

野蛮的神谕

超现实主义者安德烈·布勒东和与他一起尝试前卫艺术的朋友们常常使用偶然性为聚会赋予全新的、有趣的含义。他们在不自知的情况下让那些聚会成为了"一期一会"的体验。

被称为"野蛮的神谕"的游戏是在非常正式的会议中打破僵局的理想方式。游戏很简单：

1. 每位参与者手中应该有一张书写用的纸，可以是半张或对折的白纸。

2. 接着,每位参与者在白纸的一面写下一个对自己提出的问题。那个问题应该以"为什么……"开头,用第一人称单数写成。(例子:"为什么我每天早上起床时心情都不好?")

3. 接下来,每位参与者将纸翻一面,放空大脑,把出现在脑子里的第一个念头写在纸上,那句话不需要与前面所写的问题相关。句子应该以"因为"开头,以第二人称单数写成。(例子:"因为你出生得太晚了。")

4. 现在,把参与者分为两组,第一组对自己提出问题,第二组用他们随意写下的句子做回答。(例子:"为什么我每天早上起床时心情都不好?""因为你出生得太晚了。")

5. 然后两组互换角色,之前回答问题的小组现在提出问题,然后由第一组作答。

这个游戏玩起来比表面看起来的样子要有趣得多,也给人启迪。它的目的是让我们意识到偶然性能够如何带给我们有意义的关联,让我们获得使用逻辑思考永远不会得到的答案。因此,这个游戏可以被看作是一项"水平思考"① 的训练。而且,由于提出的问题非常私人化,这也可以成为与会者之间交谈的开端,成为他们难以忘怀的体验。

永恒的浪漫

情侣在他人面前谈及彼此之间的关系时,常常用这样的玩笑来回答:"我已经把他/她给征服了。"而另一方在听到这句话时通常会说:"喂,你每天都得征服我!"

后者说的没错。情侣之间维持长久关系的奥秘是共享许多"一期一会"的时刻。没有什么是不劳而获的,需要在每一天从小事做起,才能避免爱情之火被扑灭。

---

① 水平思考(Lateral thinking),又称横向思维、非线性思维,其思考方式主要为多向水平定义问题,在问题解决前有其他更改方式或途径。

这也就意味着必须远离惯性。就像那个骰子心理分析师一样，惯性让许多夫妻的生活走向倦怠，每天都是一成不变的剧本：快速地吃早餐——上班——在家吃晚餐——看电视看到睡着——睡觉。

这样日复一日地重复同样的生活，感情很快就会变淡。在某些情况下，假如最初的激情一直保持下去，婚姻内出轨的情况也许就不会发生了。

我们可以至少每周进行一次"一期一会"的活动，让夫妻生活不再如此乏味。这里有两个例子：

- 即使没有庆祝的借口，也可以为对方准备一个礼物，礼物不需要太贵重，但要含有情感价值。
- 把家里的饭厅变成浪漫的餐厅，配上动人的音乐、蜡烛和最好的餐具。甚至还可以在餐桌放上打印的菜单。

最重要的一点是打破日常生活的惯性，创造一个值得纪念的事件。事实上，当我们有意识地进行"一期一会"时，我们是在为未来制造回忆。这样的时刻能在未来将情侣紧紧连在一起。

假如我们想要带着怀旧和幸福回顾过去,那我们绝不会希望现在的生活只不过是日复一日的积累罢了。要实现这一点,就需要激活我们体内的那个魔力,让每一刻都变得独一无二。

工作中的"一期一会"

谁说工作中的会议一定是无聊透顶的?为什么不能将聚会的艺术应用在占据我们生活三分之一时间的工作中?

作为本书的作者,我们希望把伦敦书展的发布会变成一场真真正正的"一期一会"的体验,从而与本书的主题相符。于是,我们并非像通常的发布会那样使用"代理中心"(agents center),而决定为我们的编辑举办一场独特且令人难忘的活动:

- 我们在伦敦市中心的菲茨罗维亚街区租了一间日本茶室,活动将在书展疲劳奔波一天后的下午七点开始。

- 在预订的茶室里，茶室负责人为我们准备了三种茶：玄米茶、樱花茎茶和促进长寿的番茶。此外，茶室还专门为茶道仪式准备了甜点。
- 为了欢迎来宾，我们在茶室里播放了一段简短的关于日本"一期一会"的视频。
- 在向编辑们发放了书的简介并解释了主要内容后，茶室负责人为宾客准备每人喜欢的茶和甜点，与此同时，茶室的背景音乐播放着《BTTB》①，那是我们最爱的一张坂本龙一的专辑。
- 这样，来自世界各地的编辑可以在一个纯粹日式的氛围和仪式中轻松地交谈。
- 我们用"一期一会"与所有的宾客告别，为与之共同分享了这一难忘的时刻而高兴。

无论是什么样的聚会，会议也好，情侣晚餐也罢，其精髓是愿意创造一场独一无二的体验，这场体验能

---

① 这张发行于 1999 年的专辑以钢琴曲为主，专辑名是英文名 *Back to the Basics* 的首字母缩写，表达了日本音乐家在做了三年繁复的电影配乐后想要回到艺术和乐器的本质的愿望。——原注

让每个人的生活都更加美妙。

为了达到这一目的，除了注意力和动人的仪式以外，套用披头士乐队的一句歌词，"你最需要的是爱"。聚会是否能够成功取决于我们赋予它多少爱、投入多少时间做准备，在这一点上，非常注重细节的日本人是真正的大师。

集体的正念

我们在本书的开头提到茶道大师山上宗二,他在一五五八年第一次提出了这个我们正在试图将其融入我们生活的概念。他这样说道:"用'一期一会'来对待你的主人。"

这句话想要表达的是什么?所谓的像对待一生仅有的一次聚会那样对待你的主人是什么意思?

首先,这句话的意思是要集中注意力。对手上正在做的事、对旁人的需求(比如,根据旁人的反应来推断什么时候应当住口)、对共享时刻的魔力集中注意力。

(几乎)所有冲突的缘由

我们日常生活中的大多数问题,以及"宏观"意义上的政治甚至军事冲突,其缘由都是缺乏对他人的关注和尊重。

在当今全球化的世界，我们能够与上千个、上百万个人建立联系，却非常奇怪地很难找到一个会倾听的人。我们在关于听觉的章节已经提到过，倾听是非常基本的美德。当我们无法倾听时，号叫取代了话语，心里的胡言乱语取代了对对方所说的内容的深刻理解。

"一期一会"召唤我们重新对情侣、朋友、家人、同事、社会和整个世界予以关注。

当我们意识到这一刻可能是最后一刻时，我们会被拉回到当下，这与我们聆听垂死者临终前的遗言一样。这一场景并非巧合。只有当我们百分之百关注对方和他人时，才能完全意识到他们是谁、他们拥有什么。

在一个人口过多、充满了纷争的世界里，我们比以往都更需要停止只关注自身，而与其他所有人建立更紧密的联结。练习注意力并意识到当下，做到这两点，就可以拯救世界。

正念的新课堂

大部分的正念练习是为了训练个人的注意力。也就是说,通过像乔恩·卡巴·金博士设计的 MBSR[①]这样的练习,我们能够学会意识到我们的身体、情感和想法。

在为期八周的课程中,学生能够学会专注于呼吸,专注于身体的每一部分;在休息、行走甚至在某个念头侵入大脑的时候,都能够专注于当下。

我们如何将这种个人的注意力和当下转移到集体的正念?我们应该以什么样的方式带着自身的领悟、判断和需求从我们的内心世界前往到他人的世界中,与之深刻地共享独一无二的时刻?

拉丁美洲的正念先驱、我们的 MBSR 大师安德烈斯·马丁·阿苏埃罗认为,一个人对自我注意力的认知能够让与他人的联结立即变得容易起来。他在某次采访中这样说道:

"正念练习能帮助我们认识到自己在做什么,以

[①] 全称为 Mindfulness-Based Stress Reduction,即"正念减压疗法"。——原注

什么方式做，我们对正在做的事有什么样的感受，他人又有什么样的感受。通过这个认知，我们就可以着手准备与自身以及与他人和谐相处的方法、机制和态度。"

以下几种方式能够强化我们关注他人的能力：

- 首先要提的这一点是常识，但正因如此，我们才会因为很少人能做到这一点而惊讶：当别人在与我们说话时，**请不要看手机或其他设备**。谈话的对象一边聆听一边看手机或者甚至用手机回讯息是一件极其令人羞辱的事，这种轻蔑的态度甚至也经常发生在国会里。

- **聆听谈话的内容，也要聆听对方的身体**。表情、姿势、语调、眼神……对方在向我们表达他／她的感受，对自身的感受，以及对我们的感受。从这个意义而言，百分之百的注意力集中也就意味着对情况的全面了解，从而才能明白对方的情感状况。

- **不冒犯地提出问题**。向对方讲述了某个重要的问题，也许是个不知道该怎么解决的烦恼，而对方给予的只有沉默和拍拍肩膀，这会让很多人感到沮丧。谈话者并不是想要我们提供一个解决办法，承担不属于我们的责任，但提出几个精准的问题（用之前我们提到过的主动倾听的方式）对谈话者而言是双重收获：a）表现出我们在专注地倾听，b）我们可以帮助谈话者想到之前从未考虑过的方面。

- 只是陪伴。很多时候，对方所需要的并不是我们的看法或我们的提问。有些人只是需要他人的陪伴，感到不孤独，明白我们在他/她身边分享他/她的痛苦或焦虑。

- 给予对方私人空间。在极度紧张的情形下，能为激动的对方做出的最好的事即是给予他/她私人空间。就算问题再急需解决，只要对方还十分"躁动"，那么孤独就可能是他/她最好的慰藉。即使在对方生我们气的情况下，正念也要求我们让他/她生气，让我们离开。

METTA – BAVHANA（慈心修行）

我们因内心充满了对他人的不满和看法而常常无法活在当下的时刻。而且，正如我们在本书最开始看到的，一个人是无法同时置身于过去和现在的。

我们应该如何去除对他人的恶意？那些（在我们看来）伤害了我们、待我们不公、配不上我们给予他们的爱或友谊的人？

这个包含五个步骤的佛教修行能安抚那将我们带离当下的愤怒，将负面情绪转化为献给所有人的爱、理解和友情。

练习 metta-bhavana（可以翻译为"慈心修行"），只需遵从以下五个步骤：

1. 坐好，将温暖、友好和善意的情感传递给你自己。不是"思考"而是"感受"这些情感。

2. 现在请你在心里想着一个朋友，不能是你的伴侣或家人。试图对那个人产生更加强烈的爱。

3. 接下来，选择一个"中立的"人（在心里想着一个对你而言无关紧要的人），把注意力集中在给予他/她温柔且人性化的情感上。拥抱他/她的人性。

4. 然后，在心里想着一个更难的人，甚至是敌人，一个让你非常不舒服的人，努力给予那个人同样的温暖、友爱和理解。

5. 最后，让这四个人（你，朋友，中立的人，敌人）在你的脑子里集会，试图将温柔的情感一起赋予这四个人。想象那份爱如何在你的周围、你的城市、你的国家和整个地球蔓延开来。

向全世界发出邀请

练习全身心地关注他人不仅可以减缓冲突和痛苦，同时也对娱乐生活十分有益，正如我们在上一章所看到的。

为了理解注意力在娱乐休闲方面的作用，让我们来看看非同凡响的吉姆·海恩斯的例子。这位来自美国的波希米亚主义者现在定居于巴黎，在写作本书时他已八十四岁了。

这位反文化①的活动家因在他位于蒙帕纳斯街区的艺术工作室（据说曾经是画家马蒂斯的工作室）举行的周日晚餐而成为法国首都的传奇人物。任何一个人都可以参加这些集体性的、完完全全"一期一会"的晚餐，参与者相互之间并不认识，再次碰面的概率也非常渺小。

想要参加晚餐需要拿到吉姆的电话号码，打电话和他预约。每个周日的晚餐由一名不同的巴黎厨师准备，并且是免费的（酷）。东道主的座右铭是："向全世界发出邀请。"

参与的宾客会为食材和饮料支付一点象征性的金额，但晚餐最有趣的部分是亲眼见到吉姆·海恩斯本人（本书的作者之一有幸参与了其中一次晚餐），因为他主持晚餐的方式即是一场集体的正念。

宾客一边品味食物，一边在书架旁翻看由吉姆自

---

① 反文化是亚文化的一种，这种文化所倡导的行为规范与价值观通常与主流文化所规范的习俗大相径庭，有时甚至相反。

己的"Handshake"[1]出版社出版的他的著作，比如《全世界的劳动者，团结起来，别再工作！》或《谢谢光顾！一则参与性的自传》。在本书作者前往晚餐时，他正在准备写作《为一百个人做饭》一书。

再让我们来看看晚餐的主人是如何全身心地关注每一位到访的陌生客人的。吉姆·海恩斯坐在凳子上，关注着每一位不知所措的孤独的宾客，并安排着谁应该与谁聊天。

比如下面的情景：

"喂，那个穿黄毛衣的！把手上的书放下，去跟坐在沙发上的戴眼镜的姑娘聊天！"

"你们两个。你们已经聊了很久了。我建议你们去认识认识那两个怪怪的在盛沙拉的家伙。"

"有个日本女孩在灯下面睡着了……难道没人跟她讲话吗？"

最重要的一点是没人会感到被排斥在外。

吉姆从他的指挥台关注着工作室所发生的一切。他像乐队的指挥一样，将正念运用在让陌生人相互认

---

[1] Handshake，英文"握手"之意。

识上面。他根据对宾客的人格及态度的观察,将他们编组。据称,这些克服周日沮丧情绪的晚餐成就了不止一对情侣或持续一生的友谊。

这位聚会大师在三年中的每一个周日举办"一期一会"的晚餐,在他的身后回响着约翰·多恩[①]写于一六二四年的著名诗句:

> 没有人是一座孤岛,
> 可以自全。
> 每个人都是大陆的一片,
> 整体的一部分。
> 如果海水冲掉一块,
> 欧洲就减小,
> 如同一个海峡岬失掉一角,
> 如同你的朋友或者你自己的领地失掉一块。

[①] 约翰·多恩(John Donne 1572—1631),英国詹姆斯一世时期的玄学派诗人。

为了回到当下

在关于史蒂夫·乔布斯和佛教的章节,我们提到了"后设认知",它是指人类对自己的认知过程的思考。苹果公司的创始人通常以坐禅的姿势面对墙壁,进行后设认知。

然而,想要观察自身的想法,并不需要腰酸背痛地坐在垫子上冥想,也不需要受到禅宗大师的启发。只需坐在一个安静的、没什么噪声的地方,带着完完全全的中立观察经过我们脑海的念头,不对它们做出任何审判。

也就是说,要将我们的注意力从外部调转到体内,对自己提出这个问题:"我在想什么?"

就像暴风雨的天空,如果我们无动于衷地观看它,可以看见许多东西在那里徘徊:回忆、念头、令人愉快或不安的情感、信仰、理智或不理智的想法……

即使脑海里的电影是一部灾难片,你也需要保持中立的态度,因为你要记住:"你并不是你的想法。"在这个后设认知的练习中,假如能够将观察者与被观察到的事物分隔开来，我们就能在与我们的内心分离的同时，观察它的进程发展。这会为我们带来前所未有的宁静。

一旦我们与自身的想法分隔开来，我们的"自我"就会被溶解，从而能让我们完全置身于当下，同时也直观深刻地了解到现实的本质。这般的灵性时刻是与自己的"一期一会"，将一生都包裹的高光时刻。

马哈希[①] 的回答

作家安娜·索优姆在一篇关于不二论[②]的文章中描述了帕帕奇[③]年轻时与马哈希在1944年的一场会面。帕帕奇对马哈希提出了一个他在漫长修行中向遇见的每一位上师和智者都提出过的问题：

"你可以让我看见上帝吗？假如不能，你知道谁可以让我看见上帝吗？"

---

① 马哈希（Maharshi 1879—1950），是一位印度教上师。
② 不二论（Advaita），是印度哲学中最为突出的韦丹塔。
③ 帕帕奇（Papaji 1910—1997），印度智者。

"我无法让你看见上帝,或者说,上帝是看不见的,"马哈希回答道,"因为上帝并不是可以被看见的个体。上帝是主体。他是有视力的。不要关心那些可以被看见的个体。你需要发现谁拥有视力。"

马哈希并没有让帕帕奇看见上帝,却领他进入自身,(像现代的量子物理一样)让观察者与被观察的对象融在一起。那是他悟道的开端。

"一期一会"的敌人

让我们在走近禅宗悟道(与瞬间关系紧密的"悟")的路上暂时休息一下,看看谁是现在的敌人,那些将当下的礼物从我们手中夺走的习惯和态度,是它们让我们无法享受那些独一无二的时刻:

推测琢磨。正如我们在本书中第一部分看到的,无论是回到驻扎着痛苦和愤怒的过去,还是前往被恐惧和焦虑霸占的未来,都会迫使我们离开现在。

走神。只有在没有同时进行几件事的情况下,才能全神贯注地体验当下。一个一边在森林里散步一边更新社交媒体的人并非活在当下。事实上,那个人甚至也并非走在森林里。

疲倦。没有休息好,或过度工作,都可能会让我们享受当下的愿望变得困难起来。在没有休息好的情况下,我们会深受睡意的折磨。而当工作过度时,则是因为我们的大脑处于极度兴奋的状态,从而无法冷静下来,享受当下的时刻。一个简单的例子是由于太想看某部电影,我们下班后跑着前往电影院,但当我们在影院坐下来后却无法将精力集中在屏幕上发生的事情上,这是因为困扰着我们的问题依旧在脑子里盘旋。

缺乏耐心。等不及事情的发生也会将我们从当下"拉"出来。比如,坠入爱河里的人等不及第一个吻。"一期一会"要求我们不带任何期望地将自己全身心地投入到正在经历的事情中。正在发生的事是我们可以拥有的最好的经历,因为我们正在经历它。

分析。一句谚语这样说道:"如果你真的想要幸福,那就不要做任何分析。"这句话非常有道理,当我们对某个时刻进行解剖分析时，我们即已毁掉了它。为什么要为每件事寻找一个意义呢？想要理解为什么此刻正在经历的事会让我们幸福，仅仅是这个想法就会立即将幸福毁掉。我们是无法定义、分析或理解此刻的欢愉的；我们只能体验它。

当时间停滞

你是否拥有过这样的体验：在进行某项令人愉悦的活动时，感受到时间仿佛停滞了下来？如同当我们钻进水里的时候，除了身体进入另一元素的清凉以外再没有别的事物存在；也好像我们完全沉浸于某项活动当中时，大脑脱离了时间的概念。

当被问及时间的相对论时，爱因斯坦是这样回答的："当一个人坐在滚烫的火炉上，一秒钟会像一个小时那么漫长；但若让一个漂亮姑娘坐在他的膝头，一个小时也会过得像一秒钟。那就是相对论！"

事实上，每一个"一期一会"的时刻都将我们带入永恒。衡量时间已毫无意义，因为就像爱因斯坦举的例子一样，一个小时也许会像一秒钟那么短，然而，那场体验的回忆却可能在之后继续存活好几天。有时候甚至会存活一辈子。

这是因为当我们进入心流（flow）的状态，当我们完完全全生活在心流的状态中，我们也就会置身于永恒。不止是时间，仿佛整个世界都消失了一般。

我们已经非常靠近"明心见性"或"开悟"的状态了。

铃木大拙所谓的"开悟"

当我们完全置身于当下，将过去、未来以及物理世界都当作幻觉的时候，从禅学的角度而言，我们即已达到"开悟"的状态。

这一即时性的悟道有时候会在意料之外的情况下发生，对禅学的修行者而言，它是"存在的意义"：捕捉那个囊括了宇宙所有的美丽和理解的时刻。

铃木大拙[1]将禅学带到了美国，他出版了最早的关于这一来自日本的佛教宗派的英文书籍。

铃木大拙指出，禅学舍弃了其他佛教宗派所使用的符号、仪式或经文，"要想浸入禅宗，只需将注意力集中在呼吸、某一个动作或者一个不变的景色（譬如一面白墙）上面。"

对于铃木而言，禅宗学徒所追寻的"开悟"（突然的开悟）具有以下这些特点：

1. **它是非理性的**。它无法通过逻辑获得，是对所有智力推理的挑战。那些达到过"开悟"状态的人是无法用清晰明了、合乎逻辑的方式对它做出解释的。

2. **它是凭直觉获知的**。人们无法解释"开悟"，只能体验和感受它。

3. **它是直接的、私人化的**。这是一种源自意识内部的感知。

4. **它是对生命的肯定**。对所有存在、所有发生的事情（无论其道德观如何）的接受。

---

[1] 铃木大拙的法号意为"极度简单"，是由他的师父释宗演授予他的。——原注

5. **它赋予我们一种超越的意义**。在达到"开悟"状态时,我们会感到它是属于另一个世界的。把我们的人格牢牢封在里面的外壳将在体验"开悟"的那一刻爆裂开来。紧接着,我们会感受到完全的自由或彻底的放松,感到我们终于来到了终点。

6. **它具有非个人的特质**。用铃木大拙的话来说:"也许这一禅学体验最引人注目的一点是它不具备像神秘的基督教体验那般的个人特质。"

7. **兴奋感**。在打破了仅仅以个人的名义存在的禁锢后,我们会感到生命无穷尽地延伸。

8. **瞬时性**。"'开悟'是突然发生的,"铃木大拙指出,"是短暂的、转瞬即逝的体验。事实上,假如不是突然发生、转瞬即逝的,那么它也就不是'开悟'了。"[1]

---

[1] 根据《禅宗:铃木大拙选集》(纽约 Anchor Books,1956 年)第 103 至 108 页总结。——原注

"开悟"和"明心见性"

"开悟"(日文:悟り)的字面意思是"理解",在禅宗里指代醒悟或悟道。日本佛教中另一个表示开悟的状态的词为"明心见性"(日文:見性)。

很多作者都就"明心见性"和"开悟"的区别做出了讨论。铃木大拙认为,"明心见性"是你通过自身的大自然所获得的瞬间性的体验,而"开悟"则是更为深刻持久的转变。

两者都是我们的意识可以进入的状态,让我们与当下、与我们真正的自然建立联结,即"一个人和宇宙",而不是被焦虑牵着走。

尽管我们无法达到这两种悟道的状态,但通过冥想的练习我们可以逐渐接近它们。

禅的冥想

作为本书的作者,我们在迄今为止的生命中进行过不同类型的冥想:坐禅、正念和慈心修行等。我们并没有某种特别偏爱的冥想方式,却发现每一种冥想都能够帮助我们更有意识地活在当下。

如果你从来没有进行过冥想,可以选择一种最适合你、让你感到最舒服的方式。在刚开始的时候,可以请一位导师帮助查看你的身体姿势是否正确,并解答你可能产生的疑问。接着,你就可以不受他人帮助地将冥想纳入你的日常生活中。

那些容易紧张焦虑的人可以使用正念的手机应用来进行冥想,即使每天只冥想五分钟也是好的。

我们将在本章的最后介绍可以在任何地方进行的经典禅宗冥想的方法。每天只需二十分钟,就可以察觉到我们的内心越来越平静,捕捉每一个时刻的能力也越来越强。

1. 坐在一个安静的地方,没有人能打扰你。如果已经有经验,可以坐在冥想的坐垫上,也可以坐在椅子上。你可以舒服地坐着,但背一定要挺直。

2. 把全部的注意力放在从鼻子缓慢且安静地吸入和呼出的空气上。把你关注的焦点都放在这里。

3. 为了有助于集中精力，可以十次为一组地数吸气和呼气的次数。假如突然分神，或某个念头把你带到了过去或未来，那么就从头数起。

4. 如果某些念头出现在冥想的过程中，也不要担心。把它们看作是飘过的云朵。记住，你不是你的念头。不要对它们作出判断，让它们飘走。

5. 如果在冥想的过程中（最初每天只需进行二十分钟就够了）可以让脑袋在几秒钟的时间内什么也没想，那就可以算作是成功了。在冥想结束后，你将感到身体十分放松，仿佛睡了许多个钟头似的。

6. 不要从冥想的状态突然转换到日常活动中。在冥想结束时（比如，可以用手机设置一个闹钟），花几分钟的时间舒展肢体，活动身体，然后再站起来，返回到日常生活之中。

假如……会怎么样？

在我们看来，最发人深省的小说是约翰·福尔斯花了二十年写就的《巫术师》。小说讲述了一位名叫尼古拉斯的年轻人，因厌倦了在伦敦的生活而接受去一个与世隔绝的希腊小岛当英文教师的工作。

他在那儿认识了一个神秘的人物，一个名叫康奇斯的古怪的百万富翁。康奇斯将每一次会面都设计为把现实与梦境混淆起来的游戏。

在读完这本小说后，我们俩一致认为"巫术师"所创造出的这些荒诞不已的场景是对小岛上死气沉沉的现实的反抗，因为在小岛上，没人敢越过规则半步。

正因如此，才有了这句格言："如果不喜欢你所拥有的现实，那就创造另一个你愿意体验的生活吧。"迄今为止，我们俩已遵循了好几次这条格言，无论是改变居住地，还是更换工作，甚至包括孕育了《Ikigai：冲绳岛幸福长寿秘诀》一书的前往遥远乡村的调研。

一个充满魔力的问题

就像我们会在小孩无聊的时候给他们画纸和彩色笔,让他们绘出全新的世界,成年人也需要常常创造不同的现实,才能避免厌倦。

所有人都具备创造的才能。只不过有些人对它加以运用,有些人不会使用它罢了。

有些人错误地认为自己没有创造力。世界上没有不具备创造力的人,因为人类存在的意义即是为了适应、创造、学习、改变和自我转变……每一个人的生命都是不断创造的行为,这种创造从出生时就已开始。

当我们对一切感到厌倦、对任何事物都不抱期待或不感兴趣时,我们可以对自己提出这个被意大利教育学家和作家贾尼·罗大里称为哲学基石的问题。

无论是在写作一则故事,还是在撰写(或改写)自己生活的剧本,这个问题即是:

假如……会怎么样?

当我们填写完整这个问题时，我们即会打开创造力的闸门，从阻塞中逃离出来，进入"一期一会"的世界。让我们来看看如何在三种常见的对生活厌倦的场景中使用这个方法：

1. **从很久之前起我就对工作产生了厌倦，看不到出路**。假如在申请停薪留职一段时间或存几个月的钱之后，我可以辞去工作寻找其他的可能性，会怎么样？

2. **我和我的伴侣常常吵架，有时候为了避免争执我们会尽量不讲话**。假如我们每周玩一次"和睦岛"的游戏，也就是说，在这个过程中不去想也不说任何负面的东西（抱怨、谴责等），会怎么样？

3. **我感到自己身处危机之中，不喜欢现有的生活，尽管我也不知道其中的原因**。假如在接下来的几个月我变成另一个人，甚至变成其他许多不同的人，会怎么样？

在我们将糟糕的状态转化为"假如……会怎么样？"的问题时，我们就已将对生活的麻痹转化为了行动力，因为对生活构造充满创意的假设是开始改变的第一步。

假如在读完这本书后你将彻底改变生活的方式，会怎么样？你的生活会发生什么样的变化？

"一期一会"的方程式

我们来到了这本书的最后一部分。希望这部分能让你从现在开始,与你自己、与你关爱的人一起,共享许许多多难忘的时刻。

我们的旅程始于京都的一间茶室,在那里,我们像一休大师所说的那样,关注风和雨写下的情书,通过盛开在那个春天的一朵樱花发现了"一期一会"的方程式,它由以下这些我们在本书讨论过的元素组成。

一场像茶道这样的聚会,如果能打动人,它就会

被刻在我们的心里。正如马娅·安杰卢教授所言："人们会忘记你对他们说过的话、做过的事，却永远会记得你带给他们的感受。"

要想做到这一点，我们需要成为生活中的聚会大师，为每一刻赋予意义和主题，在此刻和此地为未来的怀旧创造素材。因此，我们需要像斯科特·马修在我们最爱的歌曲中唱到的那样："现在漂亮地做吧！"

好的陪伴对于"一期一会"也非常重要，因为有些人不具备 joie de vivre①，他们的负能量可以毁掉任何一场会面或派对。如果可以选择，最好和愉快、让人感到积极的人在一起，他们能够欣赏和分享每一刻的美丽，并且懂得倾听。

假如是独自一人，也要确保你拥有好的陪伴！如果抱有恰当的心态，和自己共饮一杯茶也能成为一场难忘的聚会。

同时，你还需要为聚会寻找一个给人灵感的场地，因为有些空间是可以带给人更舒适的感受和更佳的谈话氛围的。一间静谧的咖啡厅，一家让我们回忆起童

---

① 法语，意为"生活之乐；人生的乐趣"。

年的餐厅，一条笼罩着另一个时代的氛围的独特的街道，一座用诗意和清新抚摸我们感官的森林。

我们也可以将我们的家，甚至是工作场所，变成一座"一期一会"的寺庙。宜人的光线（也许可以在傍晚时分点上蜡烛），唤起我们正面情绪的画作和雕像，让我们心情愉悦的音乐……如果我们知道如何把它包裹得恰到好处，那么当下即是我们的礼物。

正念会帮助我们用五种感官来体验正在发生的事。假如没有留心关注，没有全身心地投入到当下，我们是无法让那一刻终生难忘的。

因此，"一期一会"取决于我们聆听、观看、触摸、嗅闻和品味每一刻的能力，同时只做一件事，并且用所有的注意力去做那件事，仿佛它是我们在地球上的最后一刻似的。

当我们将自己与其他所有的樱花花瓣融为一体时，我们自然而然地就会获得永恒。一场在完美的地点、在好的陪伴下（即使是我们自身的陪伴）用恰当的心态进行的唤醒情感的仪式能让我们进入心流的状态，它会让昨天和明天都消失，让我们感到时间在永无止境的现在停滞了下来。也许我们甚至能体验"开悟"。

为了能让这一状态发生，我们需要将时钟和手机放进抽屉。当下的时刻是一个嫉妒心很强的情人，我们必须得全心全意地待它。

每一个无法复制的时刻都是一小片幸福的绿洲。

当许多片绿洲汇集起来时，它们将会变成一片幸福的海洋。

"一期一会"的十项原则

让我们用这十项原则来一起结束这一场仪式。这十项原则总结了我们在本书学习到的生活之道:

1. **不要将美好的时刻推迟**。就像故事中那个发现了香巴拉之门的猎人一样,每个机会只会出现一次。如果没有抓住它,就永远不会再有机会。生命即是如此:现在不做,永无机会。
2. **把每一刻都当作只会出现一次的经历来体验**。茶道大师在五百多年前发出的倡导至今依然适用。因此,我们应当意识到每一次会面都将是独一无二、无法复制的,应当在会面中用"一期一会"与我们爱的人问好和告别。
3. **置身于当下**。前往过去或未来的旅程让人十分痛苦,并且它们常常也没什么用。你无法改变已经发生的事。你也无法得知将会发生的事。但是,在此时此地,全世界的可能性都在你的身边跳跃。

4. **做一些从未做过的事**。爱因斯坦说过，如果总是按相同的方式行事，也就不能期待能够得到不一样的结果了。另一种获得难忘时刻的方法是投身于"开花"，让某种新的东西在你体内开花。

5. **练习坐禅**。你可以坐在冥想垫子上，也可以只是坐着观察生命的奇迹。仅仅是从日常生活的义务和焦虑形成的旋涡中逃离出来这一简单的行为就能够打开幸福的闸门。

6. **在五官中采用正念疗法**。练习聆听、观看、抚摸、品味和嗅闻的艺术，用感官来丰富每一个时刻。这一点也能让你更关心留意他人，增强你的同感能力和影响力。

7. **察觉巧合**。关注生活中的共时性能有助我们更好地解读命运的征兆。在日记中记录下这些日常生活中充满魔力的时刻能让我们更好地追寻现实生活隐形的线索。

8. **将每一次会面都变成一场聚会**。不要只在某些特殊场合（度假、旅行或生日）享受非凡的聚会。只要摆正心态，每一天都可以是星期天。

9. 如果不喜欢现有的，那就创造一个不同的。人类是天生的改造者，可以无限次地再创造。假如你的生活既无聊又毫无惊喜，无法体验"一期一会"，那就创造另一种生活吧。
10. 成为捕捉美好时刻的猎人。和任何一门职业一样，练习得越多，收获也就会越多。

谢谢陪伴我们到这里。但这只是开始。当你合上这本书，你将开启生活，许许多多难忘的时刻正在等待着你。一期一会！

埃克托尔·加西亚和弗兰塞斯克·米拉莱斯

致　谢

感谢 Anna Sólyom 对本书漫长的创作过程的支持，她是我们的第一位读者和评论者。

感谢 Ana Gázquez 从加拿大与我们分享关于人类意识的发现。

感谢我们在伦敦的发布会的仪式主持人 Cristina Benito；感谢我们的"兄弟"Andrés Pascual 为我们提出的建议，并邀我们住在他位于诺丁山的公寓。

感谢 Maria White、Joe Lewis 和 Patrick Collman 用他们的才能把这本书介绍给全世界。

感谢我们才华横溢的代理人 Sandra 和 Berta Bruna，以及她们的同事，把这本书带到世界每一个角落。

感谢《Ikigai：冲绳岛幸福长寿秘诀》《Ikigai 方法》和《森林浴》的编辑们，他们用热情推介我们的书，并与我们保持友好的关系。

感谢我们所有的读者，是他们赋予我们动力，让我们的工作变得有意义。

书 目

本书作者的其他书籍

埃克托尔·加西亚和弗兰塞斯克·米拉莱斯《森林浴》。Planeta 出版社，2018 年。

埃克托尔·加西亚和弗兰塞斯克·米拉莱斯《Ikigai 方法》。Aguilar 出版社，2017 年。

埃克托尔·加西亚和弗兰塞斯克·米拉莱斯《Ikigai：冲绳岛幸福长寿秘诀》。Urano 出版社，2016 年。

弗兰塞斯克·米拉莱斯：《侘寂》。Editiones B 出版社，2014 年。

埃克托尔·加西亚：《一个极客在日本》。Norma 出版社，2012 年。

参考书目

作者不详《平家物语》(*Heika monogatari*)，Gredos 出版社，2006 年。

保罗·奥斯特《红色笔记本》(*El cuaderno rojo*)，Anagrama 出版社，1994 年。

乙川弘文《拥抱心灵》(*Embracing Mind*)，Jikoji Zen Center 出版社，2016 年。

鲍赫斯·西吕尼克《丑小鸭》(*Los patitos feos*)，Gedisa 出版社，2002 年。

约翰·多恩《双语选集》(*Analogía bilingüe*)，Alianza 出版社，2017 年。

约翰·福尔斯《巫术师》(*El mago*)，Anagrama 出版社，2015 年。

马尔科姆·格拉德威尔《异类》(*Fuera de serie*)，Taurus 出版社，2009 年。

荣格《共时性：一种非因果性原理》(*Synchronicity: An Acausal Connecting Principle*)(荣格全集，第 8 卷)，普林斯顿大学出版社，2010 年。

乔恩·卡巴·金《充分体验危机》(*Vivir con plenitud las crisis*), Kairós 出版社, 2018 年。

冈仓天心《说茶》(*El libro del té*), J. J. Olañeta Editor 出版社, 2016 年。

Kay Lindahl《聆听的神圣艺术》(*The Sacred Art of Listening*), Skylight Paths 出版社, 2001 年。

爱德华·罗伦兹《混乱的本质》(*La esencia del caos*), Círculo de lectores 出版社, 1996 年。

马丁·阿苏埃罗《自己的方向》(*Con rumbo propio*), Plataforma 出版社, 2013 年。

释一行《正念的奇迹》(*El milagro del mindfulness*), Oniro 出版社, 2014 年。

普鲁斯特《去斯万家那边》(*Por el camino de Swann*), Alianza 出版社, 2011 年。

贾尼·罗大里《幻想的文法》(*Gramática de la fantasía*), Booket 出版社, 2002 年。

铃木大拙《禅宗：铃木大拙选集》(*Zen Buddhism: Selected Writings of D. T. Suzuki*), Doubleday 出版社, 2018 年。

菲利普·津巴多与约翰·博伊德《时间的悖论》(*La paradoja del tiempo*), Paidós 出版社, 2009 年。